見ず知らずの許嫁に溺愛されてます

路頭に迷うはずがイケメン御曹司が迎えに来て⁉

ルネッタブックス

CONTENTS

Lunetta

第一章　許嫁《いいなずけ》とワンナイト

「最悪」

自宅アパートへの道をのろのろと歩きながら、姫野《ひめの》水希《みずき》はため息と共に呟《つぶや》いた。

今の広告会社に入社してから一年余り。

まさか予告も無しに倒産するとは思いもしなかった。

その上社長からは、『給料が払えないので現物支給で勘弁してくれ』などと、あり得ない提案を突きつけられ強引に同意書まで作られる始末。

おまけに事務処理がまだ残っているからと、この数週間は完全なただ働きで残業までさせられた。

何だか酷《ひど》く疲れたし、自分を踏みにじられたような惨めな気持ちになる。こんな気持ちになったのは、祖父の葬式で見知らぬ少女に髪留めを取られたとき以来だ。

（……けどあの時は、ヒーローがいてくれたのよね）

髪をぐしゃぐしゃにして泣いている水希に、少し年上の少年が優しく声をかけてくれた。

少年はハンカチで水希の涙を拭うと、「必ず髪留めを取り返してくる」と約束してくれたのだ。

子ども心に、この人は王子様じゃないかと思いぽかんとしている水希に彼は微笑《ほほえ》み、そのまま立ち去った。

驚きの余り泣き止んだ水希は、少しして我に返りお礼を言おうとして葬儀場内を探し回った。けれど少年の姿はどこにも無く、両親も覚えがないという。

結局、その後すぐに家に戻る車に乗せられた水希は、少年に再会できないまま月日が過ぎた。約束は宙ぶらりんになってしまったけれど、水希は彼が味方になってくれた事だけで十分嬉《うれ》しかった。

交友関係が広かった祖父なので、弔問客の孫だろうと大人達は話していたが結局未《いま》だに彼が誰だったのか分からないままだ。

その後、水希は周囲の環境が良かったのと、本人の明るい性格もあって虐《いじ》めなど他者を理不尽に攻撃するような事件に遭うことなく、すくすくと育った。

けれど美大を卒業後、待遇の良さに惹《ひ》かれて入社したデザイン会社は所謂《いわゆる》ブラック企業だったのだ。

サービス残業は当たり前。休日出勤や得意先からの急な呼び出しにも応えるのは当然なのに、給料には加算されない。

最初こそ横暴な経営陣に怒っていた水希だけれど、新人の小娘が文句を言ったところで聞き入れてくれるはずもなく風当たりが強くなるだけだった。

何より水希の心を挫《くじ》いたのは、社長の息子である専務からのセクハラパワハラだ。親族だけで経営陣を固めた会社にセクハラ対策部門などあるはずもなく、長年勤めているお局《つぼね》社員に庇《かば》われながら何とかやってきた。

長年勤めている社員達が新入社員に優しかったのは、同じ境遇で文句も言わず働く仲間が欲しかっただけだと今なら分かる。

現に半年前から会社の先行きが怪しいと感じた若手は辞めてゆき、先週にはとうとう最後の同期も転職してしまった。

「デザインの仕事ができるって思ってたのに。どうしてこんなことになっちゃったんだろう」

俯《うつむ》きながら歩いていると、つい弱音とも愚痴ともつかない言葉が口から零《こぼ》れる。

入社すると水希は希望した広告デザイン部門ではなく、手が足りないからという理由で事務に回された。

以来、デザインに関わる部署へ転属の話どころか、手伝いすらもする機会が与えられないままだった。

何故《なぜ》デザイン会社なのに、それらしい仕事を営業が取ってこないのか水希は疑問だった。ある時、雑談ついでに先輩社員に尋ねたところ、この会社は広告代理店と契約している下請けの最底辺で請け負うのは雑務だけ。

つまりは何でも屋みたいな感じだと、笑って教えられた。

（新人でもすぐに一流のお店から依頼が取れるなんて、甘い言葉に乗っかった私が馬鹿だったのよね）

ジュエリーのデザインも手がける広告業と謳《うた》っていたのを信じて、よく調べもせず入社してしまった自分が情けなくなる。

さっさと辞めてしまえば良かったが、新卒カードを無駄にしたくないのと、履歴書に書けるくらいの実績がほしくて我慢したのが徒《あだ》となった。

文字通り心身を削って働いてきたのに、資格も取れず貯《た》金も貯めるどころか切り崩す生活。月末には会社が社宅として借り上げているアパートは売却されるので、出て行かなくてはならない。

しかし引っ越し代金すら工面できず、水希に残された選択は田舎へ帰ることだけだ。

（ヒーローが来て、助けてくれないかな。なんて、こんな甘い考えしてるから駄目なのよ）

実家に戻れば、きっと両親は水希を責めたりせず労《ねぎら》ってくれるだろう。

でも今は、優しさを向けられても素直に受け止められず、捻《ひね》くれて八つ当たりをしてしまいそうだ。

そんな自分が嫌で、情けなくて、水希は涙目になってくる。

零れそうになる涙を指で拭おうとしたその時、背後から声をかけられ思わず振り向く。

「すみません。少々お伺いしてもいいですか？」

「……はい」

上京してすぐの頃、夜道で声をかけられても迂闊《うかつ》に返事をするなと同僚から教えられていたのに、つい立ち止まってしまう。

振り返った水希は慌てて涙を拭い、相手を見つめる。

（男の人……こんな時間に、なんだろう？）

素直な性格は地元では美徳だったろうけど、都会では危険だと叱られたのを思い出すが返事をしてしまった手前逃げるタイミングを失った。

警戒する水希に、男性はスマートフォンを片手に近づいてくる。

「私、豊島《とよしま》と言います。実は人を捜していまして。こちらのアパートは、コーポ・ナカノで合っていますか？」

「あ、はい。そうですけど……」

画面と建物を見比べながら首を傾《かし》げている豊島に、つい答えてしまう。

コーポ・ナカノは会社が借り上げている単身者用のアパートだ。

古いので建物の名前の書かれたところが剥《は》がれ落ちており、長く放置されたまま直しもしてない。

昔からあるので、郵便物は届くのが救いだと、事務長が笑っていたのを思い出す。

「この辺り治安が悪いから、アパートで表札出してる人は少ないんです」

住んでるのは同僚だけで、みな顔見知りだ。自分は残業だったけれど、半数くらいは帰宅している筈《はず》だ。

「そうですか。困ったな」

街灯が照らし出す彼の表情は本当に困り果てているようにしか見えず、水希は手助けしたくなってしまう。

何よりその外国の俳優と見まごう美しい容姿に、目を奪われた。単純に美形という形容詞では捉えきれない。薄明かりでも分かる茶色の髪と瞳、彫りの深い顔立ちに失礼だと思いつつ凝視してしまう。

堂々とした風格さえ感じる雰囲気も相まって、彼の周囲だけ特別なオーラが漂っているような気さえする。

(格好《かっこ》いい……って、私チョロすぎだ)

けどこんなイケメンと会話をする機会なんて、今後二度とはないだろう。

明らかに自分とは住む世界が違う人だと、平凡な水希でも直感で理解する。普通に生活していれば出会うこともない美形が探している相手は誰なのか。水希の心に、ちょっと好奇心が芽生えた。

「よければ探すの、お手伝いしますよ」

「ありがとうございます」

心からほっとした様子の豊島に、水希もちょっと笑顔になる。

だが彼が探している人の情報を聞いた瞬間、表情を強張《こわば》らせた。

「名前は、姫野水希さん。今年で二十三歳になる女性です。一年ほど前に、このアパートに引っ越してきた筈なんですが――」

(それ、私だ)

背筋に冷たいものが走る。

何故彼が自分の名前や年齢、どうして知っているのかさっぱり分からない。

(ストーカー？　だったら、私の顔を知ってるよね？　興信所？　付き合ってる人なんていないし、心当たりもないし……そもそも、こんな格好いい人と接点ないし！)

「ええと、どうしてその方を探してるのか理由を聞いてもいいですか」

怯《おび》えと困惑を必死に隠して、水希は冷静に問いかける。

すると豊島は、少し照れたような表情を浮かべて信じられない事を告げたのだ。

「彼女は私の『許嫁《いいなづけ》』なんです」

「はい？」

思わず変な声を出してしまうのも仕方ない。水希の記憶にこんなイケメンとの関わりは、全くないからだ。

「事情があって、写真までは用意できなかったんです。どうしても会いたくて、気ばかり急《せ》いて来てしまって――」

住所と名前、簡単なプロフィールを頼りに探し歩いてたどり着いたのだと、豊島は続ける。

「彼女のこと、ご存じですか？　同じアパートに住んでいらっしゃるという事は、同僚の方ですよね？」

「え、あ……」

アパートに入ろうとしていた所で声をかけられたので、否定をしても訝《いぶか》しがられるだけだ。

それに手伝いを自分から申し出た手前、断るのも気が引ける。

（だからって、見ず知らずの人から許嫁なんて言われても……どうしたらいいの？）

いくら相手が美形でも、こんな突飛なシチュエーションに乗っかれるほど水希は度胸がない。

ここは当たり障りなく、自分がその探している許嫁とバレないように逃げるのがいいだろう。

「……多分、まだ帰ってないんじゃないでしょうか。帰宅したら、連絡するように伝えておきますね」

「そうですか」

がっくりと肩を落とす豊島に、水希は罪悪感を覚える。

(申し訳ないけど、でも……私この人知らないんだし……)

どうすればいいのか立ち尽くしていると、路地の暗がりから一人の男が駆け寄ってきた。

そして水希と豊島の間に漂う空気を、一瞬にしてぶち壊す。

「水希ちゃん、僕を置いて帰るなんて酷いじゃないか」

名を呼ばれ水希はしまったと思うが既に遅い。はっとしたように見つめてくる豊島の視線が痛い。

「ねえねえ水希ちゃん、謝るなら許してあげてもいいよ」

「仲野《なかの》専務、何を仰《おっしゃ》ってるんですか」

「あ、分かった！　夕飯の支度をするから、挨拶も忘れて帰ったんだね。やっぱり自炊してくれる子が一番だよね。水希ちゃんを選んで良かったよ」

「は？」

訳が分からずぽかんとしている水木に向かい仲野はマシンガンのように一方的に話し続ける。会社でもいつもこうして誰彼かまわず捕まえては雑談を続けるので、社員からはひたすら迷惑がられていた。

雑談だけではなく男性社員にはパワハラ、女性社員にはセクハラ満載の言動を繰り返すのでたちが悪い。

当然水希もこの仲野を嫌っていたが、何故か彼は自分は周囲から尊敬されていると信じて疑っていない様子だ。

今も困惑する水希などお構いなしで、ニヤニヤと下品な笑みを浮かべている。

「ほら、毎日手作り弁当を持ってきて、僕にアピールしてくれてただろう？　お嫁さんになって、僕に可愛《かわい》がってほしいって。僕はお弁当を見てすぐに分かったよ」

「あれは節約で作ってただけだと説明しましたが」

素っ気なく否定しても、仲野は全く聞く耳を持たない。それどころか話の内容をヒートアップさせていく。

「分かってるよ。みんなの前だと、恥ずかしくて僕のために料理の修業してるなんて言えないもんね！　今日も卵焼きが入った手作り弁当だったじゃないか。それでピンと来たんだよ。今夜から一緒に暮らしたいって合図だなって」

同じ日本語を話しているはずなのに、彼が何を言っているのかさっぱり分からない。

得体の知れない恐怖を感じて、水希は後退《あとずさ》った。

「会社の事は気にしないで。パパが何とかしてくれるよ。当分は水希ちゃんの貯金で一緒に暮らそう」

「どうしてあなたと一緒に暮らさなきゃいけないんですか！」

「だって水希ちゃん、僕と結婚したいんだろう？　ほら、早く部屋に案内してよ」

手を伸ばす仲野から逃げようとするが、恐怖で体が竦《すく》んで動けない。

あと少しで手首を掴《つか》まれそうになったその時、水希の肩を豊島が抱き寄せた。厚い胸板に抱き留められ、無意識に水希は彼に寄りかかる。

「なんだ、あんた……」

やっと豊島の存在に気付いたのか、仲野が声を荒らげるが最後まで言い切る前に口を噤《つぐ》む。

ひょろりとした仲野は、上背のあるがっしりとした豊島を見上げて明らかにびびっている。

「私は姫野さんの婚約者です。気安く触れないでいただきたい」

「ぼ、僕は専務だぞ！」

「奇遇ですね、私も役職は専務です」

「あの……会社倒産するから、仲野さんはもう無職ですよね？」

思わず突っ込みを入れてしまうと、豊島がくすりと笑った。

「それで、君は一体彼女に何の用だ」

「いや……その……くそっ、覚えてろ！」

改めて向き合って、仲野は豊島の方が背が高く身なりもいいと気付いたようだ。

自分のような口先だけの専務ではなく、社会的に認められた男性なのだと理解した仲野は漫画の悪役も言わないような捨て台詞《ぜりふ》を残し駆け去った。

「ありがとうございました」

「いえ、当然のことをしただけです」

「ずっとセクハラされてて困っていたんです。でも会社も潰れるから、やっと解放されるってそれだけは嬉しかったんだけれど。まさか跡を付いてきてただなんて」

仲野の異常な行動に怖くなる。

もし豊島が居合わせなければ、どうなっていたか分からない。

「あの……先程仰ってた『許嫁』の件ですけど……」

名前を聞かれたことで、彼には自分が探している人物だとバレてしまった。

今更言い逃れはできないし、ストーカー的な言動をしてきた仲野から守ってくれた恩もできた。

「話を聞いていただけますか？」

ここで誤魔化《ごまか》すのは流石《さすが》に気まずいので、水希は頷《うなず》くしかない。

「話だけなら」

「よかった」

心の底からほっとした様子の豊島に水希もつられて微笑む。

「立ち話もなんですし。姫野さんさえよろしければ、ご一緒に食事でもいかがですか？　オフィスからそのまま来たので夕食がまだなんです」

「……私も、夕食は食べてないです」

夕食どころか、お昼も食べていない。

仲野が言っていた卵焼き入りのお弁当だって、蓋を開けたところで電話が入ってしまい、結局一口も食べられないまま昼休みは終わってしまった。

社会人になってからは、パソコンに向かいながら栄養ドリンクとゼリーで済ませることがほとんどだった。

「この近くに友人の経営しているフレンチレストランがあるんです。そこでどうですか」

「ええ。かまいません」

すると豊島はすぐにスマホを操作し、タクシーを呼ぶ。程なく現れたタクシーに乗り込むと、水希はほっと息を吐いた。

(なんか変なことになっちゃったけど。まあいいか)

許嫁もそうだが、自分はこの豊島と名乗る男性と全く面識がない。

きっと何かの勘違いかあるいは人違いだろう。

というか、そうとしか考えられない。

「つきましたよ」

「あ、はい……？」

タクシーが停《と》まった場所は高級路線で有名な外資系ホテルの玄関前だった。

戸惑っている間にも豊島は電子マネーで支払いを済ませると、水希をエスコートして車を降りる。

「お友達のお店じゃないんですか？」

「去年このホテルに、友人が店を出したんです」

慣れた様子でホテルに入った豊島は、そのままエントランスホールを横切り丁度到着したエレベーターへと乗り込む。

(ちょっと待って。ここのフレンチレストランって、超有名店じゃない？)

最上階へと上っていくエレベータの中で、水希は内心冷や汗をかいていた。確か先輩達との雑談で話題になった店の筈だ。

フランスの三つ星で修業したシェフが店を開いたとテレビで騒がれたフレンチの名店で、調べたら半年先まで予約で一杯だと話していたのを覚えている。

当然みんな本気で行きたい訳ではなく、一体どんなセレブが行くのかと下らない想像で盛り上がっていた。

そもそも現在の給料では、コース料理を頼んだら一カ月分の家賃が飛ぶんでしまうと笑い話にしていたくらいだ。

(手持ちあったっけ。……最悪、前菜と飲み物だけにしよう)

エレベータを下りたところでさりげなく財布を確認した水希を見て察したのか、豊島がにこやかに告げる。

「私が強引にお連れしたのですから、支払いは私持ちにさせてください」

「それは流石に――」

「許嫁が見つかったら、是非連れて来いって友人から言われているんです。私の我《わ》が儘《まま》に付き合わせてしまうのですから、姫野さんは気になさらないで」

そこまで言われてしまうと、頑《かたく》なになる方が失礼だろう。

「じゃあ、お言葉に甘えます」

「では入りましょうか」

頭を下げると、豊島が水希を促す。

入り口でウエイターが予約の有無を尋ねて来たが、豊島が何ごとかを告げると一度奥に引っ込んだ後、急いで戻ってくる。

「豊島様、ようこそお越しくださいました。門脇《かどわき》シェフも喜んでおります。後でテーブルへご挨拶に伺うとの事です」

「忙しい時間に来てしまってすまないね」

「いいえ、とんでもございません。どうぞこちらへ」

レストラン内は広々としており、席は着飾ったセレブで全て埋まっていた。会話の妨げにならない程度の音量でピアノの生演奏が流れていて、水希は圧倒される。

明らかに自分は場違いだ。

ヨレヨレのビジネススーツに、すり切れたパンプス。入社式の前日に切った髪は、今では長く伸びてしまいゴムで無造作にくくっているだけ。

鞄《かばん》も就職活動の時に買ったものをそのまま使い続けているので、酷く汚れてみすぼらしい。

もし豊島の連れという事でなかったら、ドレスコードでお断りされていてもおかしくないと思う。

（私、場違い感がすごすぎる。こんな場所、二度と来られない）

恥ずかしいという気持ちを突き抜けて、いっそ楽しんでしまおうと水希は半《なか》ばやけで開き直った。

「水希さん？」

「え？」

「奥の席にどうぞ」

通されたのは、落ちついた雰囲気の個室だった。広い窓からは都心の夜景が一望でき、水希は魅入ってしまう。

「綺麗《きれい》……」

「気に入っていただけましたか？」

「はい。私、上京してから学生時代はバイトと大学の往復だけだったし、仕事を始めてからは遊びに行く余裕もなくて。だから観光名所の東京《とうきょう》タワーやスカイツリーにも上ったことないんです。だからとても嬉しい」

窓枠に手をかけて夜景を眺めていた水希は、自分がかなり子どもじみた行動を取っていると気づき慌てて椅子に座る。

水希が腰掛けるまで椅子を引いて待っていたウエイターは、さすが三つ星の従業員と言うべき完璧な態度で、何ごともなかったかのように一礼して部屋を出て行く。

「……すみません」

「何故謝るんです？　ここからの眺めが素晴らしいのは事実ですし。姫野さんの気持ちが満たされたなら、私も嬉しいです」

豊島の言葉が嫌味《いやみ》でないのは、彼の表情で分かる。穏やかで優しい眼差《まなざ》しは水希を包み込むようで、なんだかくすぐったい。

改めて彼と向き合った水希は、豊島の容姿は勿論《もちろん》のことその身なりも品の良いスーツだと気付く。

アパートの前で出会ったときは暗くて気付かなかったけれど、彼のスーツは恐らくブランド品だ。

見れば見るほど、何故彼が自分を許嫁などと言い探しているのか疑問に思う。

「食事はシェフのお任せにしました。アレルギーや嫌いなものはありますか？　あればウェイターに言って……」

「いえ、何でも食べられます。アレルギーもありません」

どう考えても社会的にセレブに属する豊島が、ブラック企業で疲弊した自分にここまで低姿勢なのか分からない。

レストランでの食事を楽しもうと開き直りはしたが、彼の向けてくる態度を素直に受け入れ堂々と振る舞う勇気はなかった。

暫《しばら》く探るような沈黙か落ちたが、タイミング良く食前酒が運ばれてくる。

グラスに白ワインが注がれウエイターが出て行き、これで料理が提供されるまでは少し長く二人きりだ。

扉が閉まると、水希は早速疑問を口にする。

「豊島さん、私はあなたのこと何も知りません。いきなり許嫁と言われても正直どう受け止めていいか分かりません」

すると豊島が深々と頭を下げた。

「すみません。自己紹介がまだでしたね。あなたが警戒するのも無理はありません」

言って豊島がスーツの内ポケットから名刺を出して水希に差し出す。

「改めまして、私は豊島康隆《やすたか》と申します。豊島物産で、現在は専務として働いています。実務としては社長職なのですが、事情があってこの肩書きという事をご理解ください」

「……豊島物産？」

受け取った名刺には、確かにその社名と役職が記されている。

「ご存じありませんか？」

「いえ、そうじゃなくて！」

豊島物産と言えば、水希の会社でも何度か下請けとして関わったことがある。というか日本で関わりの無い会社を探すのが難しいくらいだ。

土地開発、貿易、金融。様々な方面で手広く展開するグループ企業で、総資産はとんでもない額の筈だ。

その中で中枢とも言うべき豊島物産の専務となれば、この若さと名前からして明らかに親族としか考えられない。

そんな人が自分の許嫁なんて現実的にあり得ない。

混乱して言葉も出ない水希に、豊島が問いかける。

「私も一つ、お伺いしてもよろしいですか」

「はい」

それまでの微笑みが消え、眉間には皺《しわ》が寄っている。何を聞かれるのかと姿勢を正した水希に、豊島がゆっくりと口を開く。

「先程の仲野という男性とは、その……お付き合いをされているのでしょうか？」

「とんでもない！」

思い切り首を横に振り、水希は大声で否定した。

ここが個室で良かったと心底思う。

「仲野専務は思い込みが激しいんです！　普段から誰にでもあんな感じで、一人で喋《しゃべ》ってるから気にしてなかったんです。家まで来たのは初めてで……」

仲野のセクハラ言動は、今回が初めてではない。未婚既婚問わず、自分より年下の女性社員に対しては常に恋人気取りで話しかけていた。

幸い強引に誘ったりボディタッチなどの痴漢《ちかん》行為はされなかったので、水希も先輩達を見習い、適当に流していたのだ。

だから家まで押しかけてくるなんて思いもよらず、あの場に豊島がいなければ最悪の事態になっていたかも知れない。

そう今更気付いて水希はぞっとする。

「まさか家まで来るなんて思ってなくて。助けて頂いて、ありがとうございました」

「許嫁が困ってたら助けるのは当然ですよ」

仲間との関係をきっぱりと否定した水希に、豊島は安堵《あんど》したのか表情を和らげた。

「では改めて、姫野さん。許嫁の件ですが、私とあなたの祖父が生前取り決めていた事なんです。時代錯誤《じだいさくご》だと思われても仕方ありませんが、私は是非あなたと結婚したい」

突然そんなことを言われても、はいそうですかなんて頷けるわけがない。

「待ってください！」

「勿論あなたの意思は尊重します。私が気に入らなければ、破棄していただいてもかまいません。ただ破棄する前に、私があなた相応《ふさわ》しい男かどうか、考慮する猶予の時間をもらえませんか？」

懇願するような物言いに、水希は慌てて首を横に振る。

「いや、私の方こそ豊島さんには相応しくないです。実家は普通のサラリーマン家庭ですし、私自身も何の取り柄もない人間で……反対を押し切って入った美術大学も、成績は下の方だったし、焦って入社を決めた会社はブラックで、物事を冷静に見られないんですよね」

これまでの人生を振り返ってみたも、特段誇れるようなものはなにもない。せめて家族には心配かけまいと、ブラック企業と知りながら働き続けた結果が倒産だ。

今月分の給料だって支払われるか分からないのに、数日後には会社が借り上げているアパートを引き払わなくてはならない。

いっそ自分が豊島の許嫁だと受け入れ、何も考えず幸せを享受できればどれだけ気が楽だろう。

でも水希には素直に頷けない理由がある。それはプライドとか、そんな大層なものではなく単純に卑屈な気持ちが勝っているからだ。

「そんな私に、豊島さんみたいな素敵な人から許嫁だなんて言われても。なんだか、夢みたいな話だなって。だってごく普通の、一般人ですよ。お金もないし、取り柄もない。顔だって人並み以下で……」

卑下する言葉なら、いくらでも出てくる自分が悲しい。

「こんな卑屈な女、豊島さんには似合いませんよ」

彼の妻に相応しい女性は、いくらでもいるはずだ。

「自分のレベルくらい、分かってます」

それまで水希の言葉を黙って聞いていた康隆が口を開いた。

「自己分析は素晴らしい。ですが、あなたの仰る自身のレベルは間違っています。あなたはもっと自信を持つべきだ」

「……自信なんて、もうとっくにすり切れちゃいました」

俯く水希の頬《ほお》に康隆の手が触れた。上向くと真っ直《す》ぐな康隆の眼差しに捕らえられて、水希は動けなくなる。

「姫野さん、私はあなたはもっと輝ける女性だと信じています。どうか私の側で、本来の自分を取り戻して輝いてほしい」

「……気持ちは嬉しいです。でも……無理ですよ」

なぜ出会ったばかりの自分に、そんな優しい言葉をかけてくれるのかと疑問に思う。

(……豊島さんは、優しいんだ……きっと余裕もあるから、他人を正しく励ます事ができる。

……お爺《じい》ちゃんも、そう言ってたわ)

自分のように疲弊していると、心まで卑屈になっていくものだ。でも豊島のように堂々としていて、心に余裕のある人は他人も思いやれる。

病床で祖父が言っていた言葉を思い出し、水希は項垂《うなだ》れる。

「あなたを大切にすると約束します。ですから、私に水希さんの心を癒やす手伝いをさせてください」

答えに迷っていると、扉が開いて料理が運ばれてくる。

「返事を急かすような真似《まね》をして申し訳ない。今は食事を楽しみましょう」

言われて水希は、お腹《なか》が空《す》いてたこと思い出す。

最初は緊張でフォークを持つ手が震えていた水希だけれど、やはり有名店だけあって出される料理は全て美味《おい》しい。

気が付けば出された料理はソースまでぺろりと食べてしまっていた。

料理に合わせたお酒も飲みやすく、普段は滅多《めった》に飲まない水希もついおかわりを頼んでしまったほどだ。

デザートの前には、わざわざオーナでもある門脇シェフが挨拶に来てくれる。

「お口に合いましたかな、お嬢さん」

「ええとても美味しいです」

「それは良かった。豊島君が許嫁をいつ連れてきてくれるのか、心待ちにしていたんです。お目にかかれて光栄です」

どう返答すればいいのか分からず曖昧に微笑むと、照れていると勘違いされたのか門脇が笑みを深くする。

「豊島君には勿体《もったい》ないくらいの、清楚《せいそ》なお嬢さんじゃないか。結婚式の料理は是非うちに任せてくれ」

「是非お願いします」

にこやかに会話をする二人を、水希は複雑な気持ちで見つめていた。


「――お料理、とても美味しかったです。ごちそうさまでした」

レストランを出た水希は、豊島に頭を下げる。

（豊島さんは結婚式の話をしてたけど、こんな高級なお店二度と来る機会ないわよね）

どう考えても、自分と豊島とでは住む世界が違いすぎる。

「じゃあ私はこれで……っ」

久しぶりにお酒を飲んだせいか、水希はよろめいてしまう。

すぐに豊島が支えてくれたので転ばずに済んだが、ふらついてしまうほど飲むなんて初めての事だ。

「大丈夫ですか？」

「少し歩けば酔いは醒《さ》めます」

「歩いて帰るつもりですか？　危ないですよ」

肩を抱き支えてくれる豊島から離れようとするが、頭がぼんやりとして体もうまく動かない。

「水希さん、あなたが嫌でなければ、今からでも大人の関係になりたい」

「え？」

顔を上げると、至近距離に豊島の顔があり水希はドキリとする。

（私、口説かれてるの？）

今まで恋人すらいたことのない、恋愛経験初心者なので彼の言葉をどう捉えていいのか分からない。

「あなたを帰したくない」

黙っている水希に豊島が言葉を重ねる。

きっと大人の女性ならスマートに断るべきだろう。

そう分かっているのに、水希の心は揺れ動く。

出会ったばかりの男性に迫られ、流されそうになっている自分がいる。

（いくら許嫁って言われても……）

自分で答えを出せず、水希は彼に問いかける。

「私、どうしたら……？」

「一緒に来てください」

豊島が水希の腰を抱いて歩き出す。人目がなければ、きっと抱き上げられていただろう。

それほどまでに彼の腕は力強い。

酔った水希がぼんやりとしている間に、豊島はエレベータに乗りこむ。連れて行かれたのは、最上階から二つ下の部屋だった。

「シャワーは……」

「一人で入れますから。平気です」

流石にバスルームまで一緒に入られるのは困るので、水希は慌てて断る。

（酔い覚ましってことかしら。きっとそうよね）

ふわふわと纏《まと》まらない思考で状況を判断しながら、とりあえずシャワーを浴びることにした。

「わあ……広い」

今まで泊まった事のあるホテルはユニットバスだったが、この部屋は広い湯船とシャワー専用にガラスで区切られた部屋がある。

ぼんやりしながらも服を脱いでシャワーを浴びていた水希は、次第に酔いが醒めてきて自分の置かれた状況を確認し青ざめた。

（あれ……私……？）

確かに豊島は整った顔立ちをしているし、好みじゃないと言えば嘘《うそ》になる。

けれど恋愛も合コンも経験のない水希としては、自らワンナイトを望むような行動なんて恥ずかしすぎた。

（ちょっとなに優雅にシャワーなんか浴びてるの？　これじゃお持ち帰りしてくださいって言ったも同じじゃない！）

急いでバスルームから出ようとするが、脱いだ服が見当たらない。

仕方なくバスローブを着て出ると、リビングでは豊島がスマホを片手に誰かと遣《や》り取《と》りをしていた。

電話が終わるのを待ってから、水希はドアから顔だけ出して豊島に声をかける。

「あの、服は？」

「クリーニングに出しましたよ。明日の朝に部屋へ届けてもらうよう手配したから安心して」

（……ってことは、お泊まり前提？）

恋愛ごとに鈍い水希でも、男性と二人でスイートに宿泊するという事がどういう意味を持つのかくらい分かる。

いくら酔っていたとはいえ、あまりに考え無しの行動すぎて自分が恥ずかしくなった。

「迷惑かけてすみません。私、ソファで寝ますからお気になさらず。ホテル代も支払いますから」

すると豊島が近づいて来て水希の手を取り抱き寄せた。

「あなたはとても、面白い人だ」

「え……」

「私の外見は、タイプではありませんか？」

「まさか！　とても格好いいと思います」

思わず首を横に振って否定する。好みの差はあれど、豊島が破格の美形の部類に入るのは間違いない。

「ならよかった。少なくとも、外見上では合格という事ですね」

「合格とかそんなんじゃなくて」

「水希さん」

腰を引き寄せられ、顔が近づく。

「あなたが欲しい」

吐息がかかる距離で囁《ささや》かれて、頭の中がぼうっとする。

「待って。私、そんなつもりじゃ……」

「悪いのは全て私です。水希さんは悪くない」

誘惑の声は甘く、水希の心を絡め取る。男性とこんなに密着したことも、まして体を求める言葉を告げられるのも初めてのこと。

煩《うるさ》いくらいに鳴る心臓が怖くて、彼の腕に縋《すが》り付いた。

「本当に、私……どうしていいか、分からないの」

「すみません。気持ちが抑えきれない」

謝罪の言葉が終わらないうちに、唇が重ねられた。

軽く触れてすぐに離れた熱を無意識に追いかけてしまう。

「豊島さん……」

「可愛い人だ。全て私に任せて」

「きゃあっ」

軽々と抱き上げられた水希は、そのままベッドルームへと運ばれる。黒を基調にしたシックな部屋には、広いベッドが置かれている。

正面の窓は天井から床までの一枚ガラスで、レストランと同様に夜景が一望できた。

間接照明だけがぼんやりと照らすベッドに下ろされ、水希は自分がバスローブ一枚だと思い出す。

「あ、待って」

バスローブをはだけられ、水希は身を捩《よじ》る。

「私、その……本当に……こういうこと、したことなくて。だから、駄目なの……」

自分でも何が言いたいのか分からず、支離滅裂な言葉を紡ぐ唇に豊島の指が触れた。

「純潔《じゅんけつ》を守ってきたということですね」

古風な言い回しに水希はぽかんとして彼を見つめる。

なし崩しに関係を持とうとしている状況なのに、なんだかおかしくなってくる。

「そんな、純潔なんて。お姫さまじゃないんだから」

「私にとって、あなたは姫君ですよ」

歯の浮くような台詞《せりふ》も、豊島が口にすると様になる。その上、手を取られて指先にキスまで落とされる。

「守ると約束したあの日から、ずっと――」

（あの日？）

彼とは今日が初対面の筈だ。もし以前会っていたなら、豊島ほど格好いい男性を忘れるはずがない。

「私、豊島さんとは……」

「康隆、と読んでください。水希さん」

「や……康隆さん」

名前を呼ぶと康隆が心から嬉しそうに微笑む。

「ずっとあなたに触れたかった」

「え、あ……っ」

首筋から鎖骨にかけて大きな掌《てのひら》で撫《な》でられ、水希は甘い悲鳴を上げた。擽《くすぐ》ったいだけでない、お腹の奥が熱くなるような不思議な感覚に戸惑う。

「愛してる、水希」

上着を脱ぎ、片手でネクタイを緩めた康隆が覆《おお》い被《かぶ》さってくる。肩から鎖骨をなぞっていた指が徐々に胸元へと移動していく。

「あんっ」

胸を揉《も》みしだかれて、唇から甘い声が零れる。まだ酔いが残っているせいか、自分が今なにをされているのかよく分からなくなってくる。

「あ、だめ……だめなの……」

それでも必死に拒もうとするけれど体に力が入らない。

最初はくすぐったさの方が勝っていた感覚が、次第に焦《じ》れったく甘い快感へと変わっていく。

自慰も殆《ほとん》どしたことのない水希にとって、他人から与えられる愛撫《あいぶ》で感じるのは未知の領域だ。

「緊張してるね」

「だって……恥ずかしいから」

「ここには君と私しかいないのだから、楽にして」

左腕が水希を支えるように首の下にまわされる。

腕枕の体勢になり、康隆が水希の顔を覗《のぞ》き込んでくる。恥ずかしくて横を向くと、右の耳元に康隆の吐息がかかった。

「顔、見せて」

「恥ずかしい、です……あんっ」

乳首を少し強く弄《いじ》られ、水希は息を詰める。初めての行為が怖いのに、体の芯が淫らな熱を帯び始めていると自覚する。

「ひゃんっ」

「感じやすいんだね」

乳輪をなぞり、指先で乳首を摘まれる。ぞくぞくとした甘い痺《しび》れが背筋を這《は》い上がる。

(私の身体、どうしちゃったの?)

自分でするときでも、こんなに感じた事などない。なのに胸を少し愛撫されただけで、秘めた場所が潤い始めるのが分かる。

「口を開けて」

言われるまま大人しく唇を開くと、肉厚の舌が滑り込んで口内を這い回る。先程とは違う深い口づけに、水希はただされるままになる。

その間も指は執拗《しつよう》に水希の乳首を弄りまわす。

まるで魔法のように、康隆が触れた場所が熱を帯びていく。感覚が鋭くなり、身体の芯がじわりと熱くなってく。

「これ以上は、もう……」

「どうして?」

腕にまとわりついていたバスローブを取り去られ、無防備な姿を康隆に曝《さら》してしまう。

身を捩って隠そうとしたけれど、それより先に彼の手が脚の間に滑り込んだ。

「やっ、あぁ」

花芯を摘まれ、はしたない悲鳴が唇から零れた。

大切な部分を出会ったばかりの男性に愛撫され、感じている現実に頭の中が真っ白になって涙が溢《あふ》れる。

それが羞恥なのか、恐怖から来る感情なのか。どちらかも分からない。

「水希、どうか私を受け入れてほしい」

「でも……私……恥ずかしい。初めてなのに、こんな……」

「私は水希が感じてくれて嬉しいよ」

見つめてくる康隆の瞳は熱を帯び、喘《あえ》ぐ水希を前に微笑んでいる。

「あンッ」

指の腹で円を描くように花芯を擦られて、水希は堪えきれず軽く達してしまう。浅い絶頂だったけれど、下腹部にどっと熱が集まるのが分かる。

震えて力の入らない脚を割り広げるようにして、康隆が体を入れた。

(見られてるっ)

一瞬で快感が醒めて、酷い羞恥が水希を襲う。

ぬれそぼる秘所なんて自分でも見たことがない。

なのにあっさり、初めて出会った男性に曝《さら》している自分が酷く淫らで恥ずかしい存在としか思えない。

「いやっ……私……みないでっ」

自分でも何を言っているのか分からないまま、水希はしゃくり上げる。勝手に溢れてくる涙を両手で拭っていると、康隆が身体を倒してそっと水希の手を握った。

「すまない。性急すぎた」

「っ……」

止めてもらうよう頼もうとしたその時、水希はふと下半身に違和感を覚えて視線を向ける。そこにはスラックス越しでも分かるほどに自己主張する康隆の男性があった。

強引ではあったけれど、康隆の誘いに乗ったのは自分だ。

無防備に酔い潰れ、こうなると予想しながらベッドに運ばれるまではっきりとした拒絶もしていない。

「……あの、私……康隆さんが嫌いとか……そう言うんじゃないんです」

途切れ途切れに紡ぐ言葉を、康隆は辛抱強く聞いてくれる。

「初めてなのに、あなたを受け入れようとしている自分が、とてもやらしいっていうか……恥ずかしい人間だなって、思ってしまって」

「水希さんは、真面目なんですね」

茶化《ちゃか》しているのではないと、声音で分かる。

「水希さんからしたら、私はとても不真面目な人間だ。あわよくばこうして、あなたみたいな無垢《むく》なひとの純潔を奪おうとしている」

再び手を取り指先に口づける康隆を見つめると、困ったように眉根を寄せた。

「水希さん。あなたが私の容姿でもなんでもいい、少しでも好ましいと思ってくれるなら……今は欲望に身を委ねてくれませんか？　肌を重ねて快楽を貪ることは、決して悪い事じゃない。罪悪感があるなら、全て私のせいにしてくれてかまわないから」

誘う言葉は、甘い毒のように水希の耳に入り込む。

「でも私……上手《うま》くできない、と……思います」

「水希さんは感じてくれるだけでいいんですよ。初めてのあなたに……いや、初めてでなくても、水希さんに何かしてもらおうだなんて思っていません」

話している間も康隆の手が水希の肌をそっと撫で続ける。愛撫とは違うマッサージのような手つきは心地よくて、自然と力が抜けていく。

「気持ちいいことだけすると約束します」

「……怖いのは、いや」

「ええ、分かってます。怖いことも、痛いこともしません」

こくり、と頷くと唇を奪われた。

先程とは違う、啄《ついば》むような軽いキスに水希は目蓋を閉じる。

「……っあ……ああっ」

不意打ちで指が会陰をなぞり、蜜壺の入り口に触れる。

そこはもう自分が思っていた以上にぐっしょりと濡《ぬ》れそぼっていて、康隆の男性らしい太い指を難なく飲み込んだ。

「きゃ、んっ」

内部の浅い場所を擦りながら同時にクリトリスを愛撫され、水希は身悶《みもだ》えることしかできない。

「だめ、だめなのっ……あっ、ぁ……」

「本当に感じやすいね。指でこれなら、舐《な》めたらどうなるかな」

「え？」

康隆が身体を離し水希の視界から消えた。

ベッドに仰向《あおむ》けになったまま呼吸を整えていると、いきなり太股《ふともも》を掴まれる。

そのまま大きく広げられ、水希は何が起こったのか分からず脚をばたつかせて拘束から逃げようと試みた。

「なに？　……あッ」

指とは全く違うねっとりとしたモノが、膣《ちつ》の周囲を愛撫する。秘所を康隆が舐めているのだと理解した瞬間、咄嗟《とっさ》に彼の髪を掴んで引き離そうとする。

「汚いです！　やめ……ああっ」

「綺麗ですよ。こんな可愛らしいクリトリスにキスをしないなんて、勿体ない」

ちゅっと音を立ててクリトリスを吸い上げられ、水希は身を捩った。

逃げようとしているはずなのに、何故か両手は康隆の頭を恥ずかしい場所へ押し付けるように動いてしまう。

「や……私、こんな……っ……あぅ……」

「大丈夫だから、気持ちよくなってください」

「まって、ほんとに……あんっ……あ、そこっ」

クリトリスを舌で転がしながら、康隆が指を膣に埋める。そして何かを探すように、ゆっくりと襞《ひだ》を擦る。

「ひ、っ……ぁ」

「ココですね、Gスポット。指に集中して、もっと気持ちよくなるから」

指と舌で同時に弱い場所を責められ、水希はただ与えられる快楽に翻弄されるばかりだ。康隆の指はどこまでも優しく膣内を擦り、唇はクリトリスを強めに吸い上げる。

「やすたか、さん……も、ぅ……いっちゃ……ああっ」

「可愛いよ水希。君の感じている声を、もっと聞かせて」

囁きと同時に膣を強く刺激されて、堪えきれず水希は達してしまう。それでも康隆は愛撫の手を止めず水希を追い詰めていく。

イッたばかりで敏感な体は、痙攣《けいれん》を繰り返して蜜壺に侵入した指を食い締めた。

「やぁっ……あんッ」

初めて知る深い絶頂に無意識に腰が跳ねる。けれど逞《たくま》しい腕が水希の腰を抱いて、快楽から逃げるのを許してくれない。

高みへと押し上げられたまま、何度も強い快楽の波が水希を襲う。

「……ぁ……あっ……っく……ぅ……」

体の内側から蕩《とろ》けてしまうような感覚に身を委ね、水希は目蓋を閉じた。

＊＊＊＊

翌朝、ベッドの中で目覚めた水希は毛布を被ったまま自己嫌悪に陥っていた。

(軽い女だって、軽蔑したわよね)

いくら許嫁と言われたからって、誘われるまま寝てしまうなんて最低だ。

男性経験がないと告げたのも、嘘だと思われただろう。

(婚約は破棄だろうな。そもそも私なんかが釣り合う相手じゃないし。……私も本気で許嫁を信じたわけじゃなかったし)

夕べ向けられた甘い言葉と微笑みを思い出すと、胸の奥がツキンと痛む。

背後に康隆の気配は感じないので、既に部屋を出てチェックアウトをしたのかもしれない。

「……私には過ぎた相手だったなあ」

一瞬でもときめかなかったと言えば嘘になる。

きっとこれからの人生で、康隆のような男性から求められる事はないだろうとぼんやりと思う。

「これでいいのよ。初恋は終了」

ぽつりと呟くと扉の開く音がして、水希は身をすくめた。

「水希さん。起きてますか?」

「え、あ、はい！　今起きます！」

慌てて身を起こそうとする水希だが、自分が全裸だと今更気付いて咄嗟に毛布をたぐり寄せた。

だがその拍子にバランスを崩して、ベッドから転げ落ちそうになる。

「きゃあっ」

「落ちついて」

すぐさま駆け寄ってきた康隆に抱き留められ、どうにか事なきを得た。

「夕べは無理をさせてしまいましたから。急に動かない方がいい」

「あ、はい」

既に身支度を調えていた康隆は、全裸の水希にそっと毛布をかけ直してベッドに座らせてくれる。

「おはようございます。水希さん。丁度クリーニングが届いた所なんです。こちらに置いておくので、支度ができたらリビングに来てください」

あまりに康隆が平然としているので、水希は夕べの出来事が夢なのかと疑ってしまう。しかし自分は裸で、ダブルベッドは酷く乱れている。

（……康隆さん、ワンナイトに慣れてるって事かしら）

遊び人には見えないけれど、康隆ほどの男性ならばそういった経験はあって当然だろう。きっとセレブが集う『ちょっとしたパーティー』なんてものにも呼ばれるのだろうし、そうなれば女性達が放っておく訳がない。

「朝食はルームサービスを頼んでおきました。食事を済ませたら、家に帰りましょう」

「はい」

頷くと康隆が寝室を出て行く。ベッドサイドには彼が持って来てくれたバスケットが置いてあり、中にはクリーニングされた昨日着ていた服と下着だけでなく、化粧下地など一式が入っていた。

(アメニティじゃない化粧品……それも高級ブランドのラインだ。使っていいの?)

有り難《がた》いと思いつつ、こんなに尽くされて怖くなってしまう。

けれど考え込んでいてもどうにもならないので、水希は着替えと化粧を手早く済ませて康隆の待つリビングに向かった。

既に朝食の準備は整っており、和やかな雰囲気で食事が始まる。終始康隆は水希を気遣い、気を配ってくれるので居心地は良い。

(でも……どうして私が、康隆さんの許嫁なの?)

疑問は解消されないまま時間だけが過ぎる。

何度か聞こうとしてみたけれど、上手く話を躱《かわ》されるというか、タイミングがずれて聞くことができない。

意図しているのか、それとも天然なのか分からないが、ともかく康隆に悪意はなさそうだ。

「——では行きましょうか」

当然のように鞄を持ってくれる康隆に、水希はただ頷くことしかできない。

ホテルの玄関にはタクシーではない黒塗りの外国車が停まっており、ドアマンが扉を開けてくれる。

これでやっともとの日常に戻るのだと、ほっとしたような寂しいような、複雑な気持ちで水希は康隆と共に車へと乗り込んだ。

「何から何まですみません」

「許嫁なのですから、当然ですよ」

「はあ……」

てっきりアパートに送られると思っていたが、何故か車は正反対の方向へと走っていく。訳が分からず困惑している間に、都内とは思えない立派な門をくぐった。

「あの、ここは?」

車が横付けされたのは、豪邸の前。すぐに屋敷の中から燕尾服《えんびふく》の男性が出てきて、車の扉を開ける。

「私の自宅です。両親は現役で仕事をしているので、今は海外の別宅に住んでいます。ここには私と使用人だけなので、気楽に過ごしてください」

つまり康隆の『家に帰る』とは、言葉通り彼の自宅へ帰宅するという意味だったと今になって気付く。

その上、彼の口ぶりからして水希は康隆と、この豪邸で同棲《どうせい》することが確定事項のようだ。

「でもあの、荷物とか」

「水希さんの部屋の荷物は、宅配業者にこちらへ運ぶよう手配済みですので、安心してください」

何が安心なのかさっぱり分からない。

（一体どうしてこんなことに？）

促されて中に入ると、エントランスホールには、まるでドラマのような光景が広がっていた。

所謂「メイド」と呼ばれる制服を着た女性と、黒スーツの男性が十名ほど。

両サイドに並んで出迎えられ、誰から挨拶をすればいいのか戸惑っていると康隆が水希の肩を抱く。

「こちらが許嫁の姫野水希さん。今日からこちらに住むことになる」

康隆が紹介すると、並んでいた使用人達が一斉に水希に向かって頭を下げた。

こんなに大勢の人から頭を下げられた経験がないので、水希は挙動不審ぎみに何度も会釈を繰り返す。

その中でも康隆と歳の近そうに見える男性が進み出て、水希に挨拶をする。

「お初にお目にかかります。康隆様の執事と秘書を務めています、河野《かわの》と申します」

「姫野です」

丁寧な物腰に、水希もつられて頭を下げる。

「これからはどうぞ、ご自宅と思ってお過ごしください。姫野様」

「いや、あの。私、住むとかそんなこと考えてなくて」

するとエントランスに集《つど》った面々が、悲しげな様子で顔を見合わせるのでなんだか自分がとても酷い事を言ってしまったような気持ちになる。

ただ康隆だけは気にする素振りもなく、水希に声をかけた。

「水希さんは、好きな部屋を使ってください。取り急ぎ庭に面した部屋を水希さん用にご用意しました。気に入らなければ仰ってください」

「あの私、まだ許嫁の事はよく分かってなくて」

「大丈夫ですよ。私があなたを許嫁だと信じている。水希さんが破談にしたいと仰るなら、残念ですが……弁護士を交えて正式な書類を作りますよ。ただそれまでは、どうか滞在してください」

康隆の言葉に反応したのは、居並ぶ使用人達だ。今度は隠しきれないため息が聞こえてきて、益々《ますます》水希はいたたまれなくなる。

「破談とか、そんなこと考えてません。私には過ぎた相手といいますか。今も夢を見てるような気持ちなだけで……」

「あなは謙虚な方だ。でもこれは夢ではありませんよ」

にっこりと微笑まれ、水希はそれ以上なにも言えなくなる。

「藤田《ふじた》、彼女の世話を頼むよ。藤田は長く豊島家で働いてる方で、メイドの纏《まと》め役でもあるから。頼りになる人だよ」

「畏《かしこ》まりました。私、藤田と申します。お嬢様にお仕えできること、嬉しく思います」

藤田と名乗る五十代くらいの女性は、他のメイドとは違いシックな黒いワンピース姿だ。

「姫野です。よろしくお願いします、藤田さん」

自分より年上の女性を呼び捨てにもできず、水希も頭を下げた。

「ああ、丁度荷物が届いたようだ。荷解《にほど》きを頼むよ」

「……早いですね」

玄関先にトラックが止まり、数名の男性が急いで外へ出て行く。

確かにアパートにある水希の私物は少ないが、こんなに早く持って来てくれるとは思わなかった。

しかしどうやら、それは勘違いだったらしい。

「届いたのは、水希さんの部屋に置く家具ですよ。ベッドやドレッサーは、新しいものがよいでしょう？　趣味に合わなければ、後日改めて選びに行きましょう」

「大丈夫です！　本当に、これ以上お気遣いなく！」

事ここに至って、水希はとんでもない相手の許嫁に認定されたのだと気が付いた。康隆は完全な善意で行動しているけれど、放っておいたら自分のためにとんでもない金額を使いかねない。

「家具もそうですけど、身の回りのものは今持ってるもので十分ですから！」

「そうですか？　けれど困ったことがあったら、遠慮なく言ってくださいね」

蕩けるような甘い笑みを向けられるけど、今の水希には引きつった笑いを返すので精一杯だった。

＊＊＊＊＊

水希を迎えて初めての夕食を終えた康隆は、執事の河野を伴い執務室へと入った。

「姫野様は、随分とお疲れのようでしたね」

「夕べ少し、ね。……自分らしくなく、焦って物事を進めてしまった。彼女には悪い事をしたと思っている」

「反省しているのなら、態度で示してください」

椅子に座り何をするでもなくため息ばかりを零す康隆に、河野が苦笑しながらお茶を淹《い》れる。

河野は康隆の三歳年上の三十歳で、彼の父もまた豊島家に仕える執事だ。

幼いころから実の兄弟のように育てられて来たので、他の使用人よりもいくらか砕けた物言いをする間がらでもある。

「やっと見つけたんだ。——とはいえ、自分が強引だったと反省している」

康隆が水希と出会ったのは、彼女の祖父の葬式だった。自分は八歳、水希は確か五歳くらいだったと思う。

数年前に他界した祖父『豊島恵《めぐみ》』と共に葬式に参列し、祖父が姫野家の親族となにか話をしている間、偶然水希と出会った。

以前から康隆は祖父から『友人の孫娘だ』と写真を見せられていたので、顔だけは知ってたのだ。

子どもも孫も男ばかりの家系なので、祖父としては親友の孫娘を実の孫娘のように思う気持ちもあったのだろう。『友人の大切な孫娘を守ってやりなさい』と何度も言われ、康隆も子ども心に立派な祖父から頼られたことが嬉しくて二つ返事で頷いたのを覚えている。

言われた当時は年齢的に水希に対して恋愛感情は無く、『守ってあげないと』という保護者的な感情が強かった。

けれど出会い方は最悪で、水希が覚えていないのも仕方ないだろう。

「またいなくなってしまうかもしれないと思ったら……何が何でも手元に置きたいと考えてしまったんだ」

問題を起こしたのは、長年豊島家と交流のある長浜《ながはま》家の長女だ。

勝手に康隆の幼なじみを名乗り、どこにでもついてくる彼女を疎ましく思っていたが、無用なトラブルを避けるために無視していたところ行動はエスカレートしていくばかり。

当時も勝手に葬式に付いてきただけでなく、あろうことか喪主の一人娘である水希の髪飾りを取り上げて、わざわざ人目に付かない場所まで連れて行き殴る蹴るの暴行を加えたのだ。

悲鳴を聞いて駆けつけた康隆は、すぐに長浜を取り押さえようとしたが寸前で逃げられてしまった。

後のことは大人達に事情を話して任せたのだが子どものしたことで済まされたらしく、今でも長浜は相変わらず康隆に付きまとっている。

水希に取り戻した髪飾りを返してあげたかったのだが、既に彼女の親族が帰宅させていた。

その後、水希は暴力を振るわれたショックで暫く声も出せず、療養《りょうよう》のためカウンセリングに通うことになったと人づてに聞いていた。

祖父は水希の受けた仕打ちに腹を立てており、暫くは長浜家との取引を停止していたが、そこは大人の事情が絡んで数年後にはビジネスパートナーとして最低限の交流は戻ってしまった。

だが康隆も祖父も、長浜家を許しはしなかった。

あくまでビジネスとしての付き合いは残したが、以前のような家族ぐるみの交流は絶つと申し入れをしている。

そして成人した康隆は病に伏せるようになった祖父から、初めて豊島家と姫野家の関係を聞かされた。

元々姫野氏と祖父は趣味の碁会《ごかい》で知り合ったのだという。

姫野家も古くは海産物の老舗《しにせ》問屋、近代では貿易で財をなした大店《おおだな》だったらしいが、従業員の横領や共同経営者の不渡りなど不運が続き藤司《とうじ》氏の代で会社は潰すことになった。この時、負債や従業員を全て引き受けたのが康隆の祖父、豊島恵だったのである。

全てを家族に伝えた恵は、姫野氏が亡くなる直前に『孫を頼む』と連絡してきた事も話した。病に倒れた姫野氏は、病弱な孫娘を残して逝くことを非常に悲しんでいたらしい。

親友の頼みという事もあり、祖父は『最終的には当人同士が決めること』と前置きしてから、書類上で二人を許嫁にしてしまったと明らかにした。

あの時の少女が自分の婚約者なのだと聞かされたのは、祖父が亡くなる何年か前、留学中のことだ。

正直寝耳に水ではあったけれど、記憶にある水希の姿はとても可愛らしかった。水希の意思もあるから実際に結婚するかはともかく、保護する対象として康隆は考えた。

その後、祖父が亡くなり家の内外が落ちついてから、康隆は何故か連絡がとれなくなっていた姫野家をやっとのことで探し出したが、既に家を出ていた水希の行方を捜すのには、更にてこずった。

大学卒業後、デザイン会社に勤めたところまでは分かったが、どうもその会社は計画倒産を繰り返すブラック企業と判明する。

違法ギリギリで、社員達への給料も支払われており内部告発もされないまま、のらくらと経営は続けられていた。

しかし社名や代表がころころと変わり、やっと水希の住むアパートを探し出せたのが先週のこと。

流石に数回目の計画倒産では逃げ切れず、社員全員を解雇した直後だった。当然ながら、水希は月末で住む場所を失うこととなり、実家へ戻るかネットカフェを泊まり歩くかの二択を迫られるだろう。

そう推測した康隆はいてもたってもいられず、報告書を読むやいなやその足でアパートまで駆けつけたのだ。

（間に合って良かった。もし数分でも遅れていたら、水希は何をされていたか……）

ただ考えていたより事態は深刻で、水希はストーカーに絡まれている所だった。本人は気付いていない様子だったけれど、男の口調からして随分前から彼女をターゲットにしていたと分かる。

やっと見つけ出した水希は昔の面影を残しながらも、美しい女性に成長していた。

本当は調査を依頼した会社が撮った水希の写真を見て一目惚《ひとめぼ》れだったのだが、顔を知っていたと言えば理由を話す必要が出てくる。

いきなり話しかけるだけでも不信感を持たせてしまうのに、調査会社を使ったなどと話せば警戒されるのは確実だ。

そこで康隆は、声をかける切っ掛け作りで『写真を持ってない』と嘘をついた。

我ながら情けないと思う。しかしそれだけ、水希を思っているとも言える。

「素直に身の危険が迫っていると告げて、こちらへお連れすればよかったでしょう」

暗に体の関係を持ち、逃げないように絡め取るのは道徳的にどうか、と責められていると康隆も理解する。

河野家は代々、豊島家の専属執事を務めている。長年の付き合いがあるからこそ、心を抉《えぐ》るような事も平然と言われるので、苦笑しか出てこない。

ただ河野の言い分も、理解はできる。

ここに来て、決定していた豊島家の後継者に関する問題が、何故か覆《くつがえ》されると噂《うわさ》が出てきているのだ。

両親は健在でそれぞれ役職に就いているが、康隆の父は長年煩っている病がある。病気は役員会でも周知されており、祖父が存命の間に後継は実子ではなく孫の康隆にするよう話し合いがされ決められていた。

なのにここに来て、海外の支社を任されていた従兄《いとこ》の名が挙がるようになったのだ。

それも『恵氏の遺言には、姫野水希を妻として迎えたものが後継となる』と、まことしやかな噂まで混じっている。

「噂の出所は、確定したわけじゃない。無闇に不安がらせても仕方ないだろう」

「しかし功武《いさむ》様も、そろそろ……」

「その話は止《よ》せ。伯父も悩んでいるんだ。水面下で話は進めているから、水希さんの耳には絶対に入れるな」

「畏まりました」

こちらの馬鹿げたお家騒動に、水希を巻き込みたくない。彼女にはこれまでの苦労を忘れ、穏やかな時間を過ごしてほしいだけだ。

そして叶《かな》うなら、彼女の意思で正式な許嫁として自分を認めて欲しい。

日本の政財界を自在に動かせる立場にある康隆のただ一つの願いは、恋をした女性に振り向いてもらうことだけだった。

第二章　困惑の日々

水希が『許嫁』として豊島家に連れて来られてから、三日が経《た》とうとしていた。

（なんでこんなことになっちゃったんだろう？）

ソファに座り、半ば呆《ほう》けて庭を眺めながら水希は思う。

この三日間は怒濤《どとう》のごとく過ぎたので、冷静に考える余裕は全くなかった。

今日になって事務手続きも一段落し、康隆も外せない会議があるとのことなので昼過ぎから出社している。

やっと一人きりになれた水希は、うーんと伸びをしてソファに寝転がった。

（だめね、全然落ち着かない）

水希の私室になっているこの部屋は、前に住んでいた社宅のアパートに比べ倍以上の広さがあった。

天蓋付きのベッドにソファとテーブルが一組、ドレッサーと読書用の机。収納はクローゼットではなく、美しい文様の彫られた箪笥《たんす》が二つ。

室内の家具は木製の素材で統一されており、ソファやクッション、カーテンは淡いグリーンの地に優雅な花の刺繍《ししゅう》が施されている。

一見シックな室内だが使い勝手は良く、部屋に備え付けのバスルームは一流ホテル並みの設備が整っており、不便を感じることはない。

(三食の美味しいご飯に、ふかふかの天蓋付きベッド。こんな世界が実在するなんて今でも信じられない)

何かあればハンドベル一つでメイド長の藤田が飛んでくるので、生活面で水希が困ることは今のところ全くなかった。

突然こんなお屋敷に連れて来られた上に、完全にお姫さま扱いをされて文句など言えるはずもなく、水希は彼の家に住むことをなし崩しに承諾した状態にある。

そんな部屋の片隅には、似つかわしくない古びたスーツケースが一つ置いてある。中身は着回しのきく服が数着と安物のスーツが二着、ドラッグストアで揃《そろ》えたラインも不揃《ふぞろ》いな化粧品。それが水希の私物の全てだ。

就職してからは買い物など近所のスーパーくらいしか行かなかったので、特別困ることはなかった。しかし荷物を取りに戻った際、水希に同行した康隆からするとかなり衝撃的だったようだ。

驚きのあまり暫く口数が減り、屋敷に戻ってからこれまでの生活を質問責めにされた。

別に隠すほどの事でもなかったので、水希は大学を卒業後デザインの仕事をしたくて今の会社に就職したこと。会社がメイン業務と謳っていたデザイン業務は実は下請けの雑務に近く、更に新人の水希はその雑務すら関わりを許されず事務仕事に専念させられていたことを説明した。

話すうちにみるみる康隆の表情が曇り、その場ですぐ弁護士が数名呼ばれた。

そして起きている間は康隆が側につききりで、本来水希が退職に当たって提出する書類など様々な手続きを進めてくれた。

実際彼が確認をしてくれなければ会社の倒産による失職届けではなく、自己都合での退職の書類にサインしてしまうところだったと豊島家専属の弁護士から教えられた。

社員寮の退去に関しても、かなり不明瞭な記載が多かったらしい。原状回復費用として明らかに違法な金額や、必要のない項目が記されていた。それも康隆が指摘しなければ言われるまま支払っていただろう。

そうした様々な面倒ごとを、康隆は嫌な顔一つせず片付けてくれた。

そして夜は夜で、水希は与えられたこの部屋で一人眠っている。

ワンナイトの直後でその上「許嫁」と言われていたから、体を求められても仕方ないと身構えていた。

しかし水希の怯えを察したのか、康隆は夕食を共にした後は何かを求めるようなことは決してしなかった。

とはいえ、彼の厚意にいつまでも甘えていいわけがない。

(有り難いのは事実よ。実家に帰っても、田舎じゃすぐに仕事は見つからないだろうし。でもここを出たからって、住むところを探すのにも時間かかるし……)

書類を揃えていた時に水希は口座の残高を確認したのだが、そこには多少なりとも貯《た》まっているはずの給料が予想より遥《はる》かに少ない額しか残っていなかった。

正確には半年前からじりじりと減給されており、これは不当な未払いだろうと康隆が指摘していた。

未払い分を振り込ませるには、これまた膨大な手続きが必要になる上に、倒産した会社からいくら取れるのかも不明である。

それでも何もしないよりは書面で訴えた方が良いと康隆に促されて、昨日は弁護士の作成した書類にひたすら署名をし続けた。

(お金がないから、部屋も借りられないし。本当に詰《つ》んでる)

康隆がいなければ、文字通り路頭《ろとう》に迷っていた所だ。

はあ、と盛大なため息を吐いたところで、何も変わらない。

「――姫野様。お休みの所申し訳ございません。入ってもよろしいでしょうか」

「は、はい。どうぞ」

ノックの音に答えて慌てて座り直すと、入ってきたのはメイド長の藤田だった。

「失礼致します。服の採寸に参りました」

「採寸？」

首を傾げる水希を、藤田の背後から入ってきた数人の若いメイドとスーツ姿の女性が取り囲む。

「三十分ほどで終わりますので――」

水希の答えを待たず、スーツの女性がメジャーを出して肩や腰回りなどを計り始めた。メイド達も心得た様子で、読み上げられる数字をタブレットに打ち込んだり、水希の体を支えたりとそれぞれ機敏《きびん》に立ち回る。

訳が分からぬままに採寸は終了し、彼女たちは水希に深々と頭を下げて部屋を出て行った。

（……メイドさんのお仕事って、お掃除だけじゃないのね）

屋敷に連れて来られてから現実離れしたことばかり起こる。その筆頭とも呼べるのが、自分の世話係を務めてくれているメイド長の藤田だ。

白髪交じりの黒髪をきっちり後ろになでつけて一つに纏め、黒いワンピースに身を包みキビキビと働いている。

初めは驚いて思わず「メイドさんなんて初めて見ました」と呟いた水希に、彼女は優しく微笑み丁寧に屋敷で働く人々のことを教えてくれた。

メイドを職業として豊島家で働いているのは藤田の一族だけで、執事も代々河野家の者が務めているが、先代からは秘書も兼ねた仕事を任されてるとの事だった。

そして藤田や河野以外のメイドや使用人達は、庭師やシェフなど専門職を除いて身元の確かな家柄の子息達が行儀見習いを兼ねて住み込みで働いていると説明を受けている。

こうした家で働きながら、いずれ自分が人を使う立場になった時に恥ずかしい行いをしないように様々な事を学ぶのだという。

「姫野様、お疲れではございませんか？　三時になりましたので、よろしければフルーツタルトなどいかがですか？　是非姫野様にと、シェフが焼きたてをご用意しております」

「……いただきます」

自分のためだけにタルトを焼いてもらえるなんていう経験は、勿論初めてだ。けれどここに来てからは、毎日午後のティータイムには作りたてのお菓子が出てくる。

既に廊下で待機していたのか、藤田がベルを鳴らすとタルトと紅茶が運ばれてきた。初日は遠慮したけれど、藤田だけでなく同席していた康隆も悲しそうに見つめてくるので気まずくなりワンカットだけ食べたのだ。

（でも……この圧どうにかならないかな）

悪気がないと分かっていても、数人のメイドに囲まれながら一人でお茶をするのはなんとなくきまずい。

藤田達に勧めたこともあったけれど、仕事中だからと頑なに拒否されてしまった。

（気にしなくていいって言われてるけど。やっぱり気になるわよ）

自分の置かれている環境は、とても恵まれていると理解はしている。けれど余りに至れり尽くせり過ぎて、水希には怖く感じてしまうのだ。

「あの、藤田さん。伺いたいのですけど、私の事本当に康隆さんの許嫁だと思いますか？」

「突然どうされたのですか？　何か失礼な事でも致しましたでしょうか？」

「そんなことはないです」

真顔になった藤田に、水希は首を横に振って否定する。

「だって私、こんなすごいお屋敷で生活したことないし。皆さんに親切にしてもらえるような立場でもありません。実家だってごく普通で、とても康隆さんに釣り合うような女性じゃないって自覚してます。だからその、一度ここから出て落ちついて考えてみようかなって……」

するると慌てた様子で藤田が水希の言葉を遮った。

「何を仰います。姫野様は康隆様が深くお慕いしている方と伺っております。現に姫野様をお連れになった時の笑顔と言ったら！　あんなにも幸せそうな康隆様は初めて見ました」

「……けど、人違い……とかじゃ……」

「いいえ。そのようなことはございません」

きっぱりと否定され、水希は何も言えなくなる。居並ぶメイド達も藤田と同意見なのか、水希が視線を向けると頷いている。

なんだか気まずくなったので、水希は早々にお茶を切り上げると「疲れたから一人にして欲しい」と頼んで部屋に籠もった。


夕食後、すぐに席を立ち部屋に戻ろうとした水希を康隆が呼び止めた。

「水希さん少しだけ、お時間を頂けますか？」

「ええ」

椅子に座り直すと、康隆が控えている河野達に部屋から出るように伝える。

「なにかあったんですか？」

おそらく藤田から、お茶の時間に水希が許嫁に関して不信感を抱いていると報告を受けたのだろう。康隆が不快に思っても仕方ない。

「すみません、康隆さん。こんなに親切にしていただいてるのに失礼な事を聞いてしまって……でも許嫁って言われても、本当に心当たりがないんです」

「あなたは確かに、私の許嫁ですよ。間違いありません」

しかし康隆は水希の言葉を聞いても、穏やかに微笑んでいる。それどころか断言までされて、水希としては困ってしまう。

「私の祖父と、あなたのお爺さまが約束を取り交わしていたことはお伝えしたとおりです」

そう言われても、やはりにわかには信じられない。そもそも祖父同士の約束で結婚相手が決められてしまうなんて時代錯誤も甚だしい。

仮に本当だとしても、孫の自分達が従う必要などないはずだ。

「康隆さんは、それでいいんですか？」

「ええ、勿論です」

祖父同士の約束があったとはいえ、それは切っ掛けに過ぎないと康隆が続ける。

「けどご両親は？　きっと反対しますよ」

豊島物産は日本屈指の大企業だ。

その跡取りである康隆の妻になる相手は、家柄から容姿頭脳に至るまで完璧な女性が求められるに決まっている。

その全てに、水希は自分が当てはまらないことくらい自覚もある。いくら双方の祖父が約束していたとしても、康隆の両親は許さないだろう。

だが返された答えは意外なものだった。

「あなたが見つかったと両親に連絡をしたら、とても喜んでいましたよ。今は仕事で海外にいるのですぐには戻れませんが、スケジュールの調整がつき次第戻ると言ってました。父も母も、水希さんに会うのをとても楽しみにしています。ですからご安心ください」

水希からすれば、安心どころか不安が増しただけである。困惑が顔に出てしまったのか、康隆の顔から笑みが消えた。

何か失礼な態度を取ってしまったのかと姿勢を正すけれど、これまた逆だったらしい。

「確かに親族の中には、よい顔をしない者が居るのも事実です。ですが当事者である私が、あなたを妻にしたいと心から望んでいる。これは揺るぎない本心です」

「そんなこと言われても……」

「ひと目見て恋に落ちたんです。一晩であなたの全てを奪ったなどと、うぬぼれてはいません。

水希さんの気持ちが私に向いてくれるまで口説き続けますから、どうか私の側で耳を傾けてくれませんか？」

真っ直ぐに見つめられ、心臓が跳ねる。お芝居みたいな口説き文句なのに、康隆が言うと様になるから困ってしまう。

この歳になるまで、水希は告白されたこともなければ恋人がいたことさえないのだ。学生時代に淡い恋心めいた感情を先輩に向けたことはあったが。

しかし冷静になって思い返せば、それらは友人達に流されなんとなく恋の真似事《まねごと》をしていただけで、告白すらしなかった。

そんな水希は自分が口説かれているという事実が受け止められず、どこか他人事のように感じてしまう。

（一線越えちゃった相手に対して失礼だけど、私そんなに真剣に口説かれるような価値ないわ）

余りに非現実的なことばかりで、とどめのように熱っぽく口説かれ頭の中が完全にショートする。

「それと、藤田に『ここから出て行きたい』と仰ったようですが、それは水希さんの頼みでも許可することはできません」

「え？」

「あの仲野という男が、また水希さんに危害を加えないとも限りません。こちらにいた方が、安全です」

あの夜の出来事を思い出して、水希ははっとする。会社が倒産したとはいえ、仲野は粘着質な性格だ。

入社時に提出した書類には保証人として実家の住所も書いてしまったので、迂闊に帰れば両親にも迷惑がかかる。

かといって今の貯金では、ネットカフェで生活しても半年も持たない。もしそんな時に仲野に見つかったらと考えて、水希は身震いする。

「あなたを脅すわけではありませんが、彼は余り素行の良くない友人が多いようです。もし外出する際は河野か藤田を同行させてください」

「そこまでご迷惑はかけられません」

「私も藤田達も、あなたのためになる事でしたら迷惑だなんて考えもしませんよ」

笑顔に戻った康隆に、流石に水希も「家を出たい」なんて我が儘は言えなくなる。

けれどだからといって、康隆の話に納得したわけでもない。

「やっぱり、少し考えさせてください。こんなに親切にしてもらってるのに。ごめんなさい」

「いいえ、かまいませんよ。不安に思うことがあれば、何でも話してください」

穏やかな康隆の声に水希は頷くことしかできなかった。

部屋に戻った水希は、これからどうしようかと悩んだ。

大学時代の友人のアドレスは、会社の先輩から消すように命じられて言われるまま消してしまっていた。

元々上京してからできた友人は少なかったので、頼れる人はいない。

「そうだ、家に連絡すればいいのよ！」

なんでそんな簡単な事に気付かなかったのかと水希は自分に呆《あき》れつつバッグを手に取る。そしてスマートフォンを出し、久しぶりに実家に電話をかけた。

時刻は十時を少し過ぎた位なので、両親は起きているはずだ。

「もしもし、お父さん。水希だけど」

『おー、珍しいな。どうした？　元気でやってるか？』

やたらと陽気な声が聞こえ、水希はしまったと思う。

（今の時間て、晩酌《ばんしゃく》してる頃だったわ。すっかり忘れてた）

長く家に帰っていなかったので、すっかり父の習慣が頭から抜けていたのを悔やむ。

「元気よ。ちょっと聞きたいことがあって電話したんだけど、今いいかな？」

『ん？　なんだ、お父さんに話してみなさい』

やけに父の声が優しく感じるのは、気のせいではないだろう。水希が仲野デザイン事務所に入社してからは、ずっと連絡を取っていなかったのだ。

仕事が忙しかったのもあるけれど、ブラック体質の環境に染まり「実家に電話をして弱音を吐くのは社会人失格」とすり込まれていたせいでもある。

幸いこの三日間で十分な休息と美味しい料理で気力が戻り、実家に連絡をするという当たり前の思考ができたのは幸いだった。

「えっと、豊島さんて知ってる？　その、ちょっと今……お世話になってて……お爺ちゃんの知り合いらしいんだけど……」

父親にいきなり「孫同士を婚約させようとしていた」というのはなんとなく言い出しにくい。

適当な理由をしどろもどろに告げる水希に、父親は電話の向こうでうーんと唸《うな》っている。

『豊島……豊島、どこかで聞いた覚えが……ああ、そうだ、爺さんの友達だ。葬式にもわざわざいらしてくださったなぁ』

（康隆さんの話って、本当だったんだ！）

「その人、お爺ちゃんと仲良かったの？」

『ああ、豊島さんには随分世話になったらしいぞ。俺は詳しくは知らないが、爺さんが会社を潰したときに、色々と援助してくれたようだ。お陰でうちは負債もなく、今の生活ができてるんだよ』

「会社を潰した？　なにそれ、初めて聞いたけど？」

『お前には関係のない事だから、話してなかったんだ――』

そう前置きして父が話し出した内容は、水希からするとまさに青天《せいてん》の霹靂《へきれき》だった。

姫野家は江戸時代に創業した海産物の老舗問屋で、近代では貿易で財をなし最盛期はかなり裕福だったらしい。しかし親族の散財や横領などで次第に業績は傾いていった。

そして曾祖父《そうそふ》の代で大きな借金を抱えたため、祖父は会社を引き継ぐとこれ以上被害を大きくしないためにすぐさま潰したのだという。

『曾爺《ひいじい》さんは商売の才が無くて、気の強い爺さんが強引に社長の座を奪ったって聞いたぞ。俺に取っちゃ雷親父《かみなりおやじ》だったが、あの調子で自分の父親も怒鳴《どな》りつけたんだろうなぁ』

わははと電話の向こうで笑う父に、水希は呆れと驚きで言葉も無い。

「でもそんな負債を抱えてたら、潰しても借金が消えたわけじゃ無いでしょう？」

『それを助けてくれたのが、豊島さんなんだよ』

突然出てきたその名前に水希は驚く。

祖父が言うには、本来なら巨額の負債がのし掛かる所を長年の友人だった豊島家が引き受けてくれただけでなく、従業員達も自社に再就職させたらしい。

「すごい太っ腹な方なのね。それでお礼はしたの？」

『それが何も受け取らなかったらしい。けどとても返せる額じゃないからなぁ。……ともかく返済の催促はされたことがないし、連絡を取ろうにも番号を書いたメモが見当たらないんだ』

「だってお爺ちゃんのお葬式に来てくれたんでしょ？　その時に何か聞かなかったの？」

慌ただしかったとはいえ、そんな恩のある人が来たのに借金という重大な話をスルーするような父ではない。

『そりゃ話はしたさ。けれど向こうが固辞《こじ》してなぁ……ああ、そういや爺さん同士で話がついてるとかなんとか言ってたっけ』

「話ってなに！　詳しく教えて」

『確か借金を肩代わりする代わりに孫を結婚させるとかなんとかって、約束してたらしいが……まあ冗談だろ。うちがまだ会社をやってるならともかく、今は普通のサラリーマンだ。お前と豊島さんの息子を結婚させても向こうさんには何の得もないしなあ』

「……そうよね」

父の言うことはもっともだ。

姫野家が未だ会社を持っているならまだしも、祖父も父も会社勤めのサラリーマンである。けれど借金があるのだとしたら、自分はそのカタとして差し出された事になるのではないだろうか。

(私にそんな価値ある？　でも無償で負債を引き受けたなんて、あり得るのかしら？)

もしも結婚を拒否した場合、借金の返済を蒸し返されるかもしれない。事実返済をしていないのだから、姫野家の方が圧倒的に立場は悪いのだ。

一般的に借金の返済期限がいつまで有効なのか、そもそも借用書など取り交わしているのかなど分からない状態では不安ばかりが膨らむ。

『お前、確か豊島さんに世話になってるとかって言ってたな。もしかしたら、借金のことで探し出したのかもしれんぞ』

「……お父さんもそう思う？」

『冗談だ。しかし破天荒《はてんこう》な爺さんだったし、孫同士の結婚なんて約束もあり得ない話じゃないだろ』

「お父さん。酔っ払ってるでしょ！」

また豪快な笑い声が聞こえて、流石に水希は脱力する。酔っ払った父は饒舌《じょうぜつ》になり機嫌良く喋るのだが、事を大げさに話すことも多いのだ。

『借金のことは後で父さんが調べておいてやるから、お前は気にしなくていいぞ』

「そういう問題じゃないわよ」

はあ、と水希はため息を吐く。

まさか豊島家に住まわされた上に、許嫁として扱われているなんて話しても信じないだろう。

『ところで仕事はどうだ？』

不意に問われて、水希はぎくりと身を竦ませた。

久しぶりの娘からの電話にもかかわらず、何故一年近く連絡をしなかったのかと問《と》い質《ただ》したりしないのは父なりの優しさだと分かる。

「うん……大丈夫。心配しないで」

『いつでも帰ってきていいんだぞ。父さんも母さんも、水希の味方だ。お前が元気ならそれでいい』

口ごもる水希に父は何か察したようで、深く追及することはない。

『あまり無理するなよ』

「ありがとう」

結局父には康隆から求婚されていると伝えられず、水希は当たり障りの無い話をしてから電話を切った。

疑問が増えただけで現状が何も変わらないまま一週間が過ぎた。

(住む場所があるんだから、仕事探しを始めた方が良いわよね)

いくら身の回りの世話をしてもらっていても、細々した私物は自分のお金でなんとかするべきだろう。

それにこれ以上あれこれ世話になるのは、康隆にたかっているようで申し訳ない気持ちになる。

しかし水希が大真面目に悩んでいるにもかかわらず、更に悩みは増えてしまう。

「……これ、なんですか？」

「姫野様の普段使いのお品でございます。サイズの仕立て直しにお時間がかかってしまい、本日までお待たせしてしまい申し訳ございませんでした」

頭を下げる藤田の隣では、大手百貨店の社員バッチを付けた女性数名がブランドロゴの入った紙袋を幾つも部屋に運び込んでいる。洋服から靴、バッグ。化粧品や下着に至るまで全て水希も知っている有名ブランドばかりだ。

「これ全部？」

「はい。今月分に必要と思われるお品を私がお選びいたしました。お気に召しませんでしたら、お取り替えしますので遠慮無く申しつけください」

次々にラックにかけられていくそれらを、水希は呆然《ぼうぜん》として眺めていたが少しして我に返る。

「今月分って、こんなに必要ないです。それにもっとリーズナブルなお値段の物で十分です」

「なにをおっしゃるんですか。これでも全然足りないんですよ」

本来ならディナーやパーティー用のドレスやスーツ、普段使いの替えも足りていないと藤田が続けるので目眩《めまい》がする。

(お金持ちの感覚についていけない……)

想像を遙かに超えた対応に、水希はこの屋敷から逃げ出したくなった。けれど現実的に考えて、逃げる場所は実家しかない。

きっと康隆は自分を探して実家に来るだろうし、そうなれば借金の話になるだろう。もし父の話が本当だとしたら、借金のカタに差し出された自分は連れ戻されて終わりだ。

(結果が同じなら、ここにいた方がいいわよね)

そう自分に言い聞かせてみたものの、洋服の他に靴やバッグ、アクセサリーが次々に並べられていくのを目の前にして、何だか落ち着かなくなってくる。

「これ、本当に使っていいんですか？」

「勿論ですよ。この藤田、康隆様の許嫁である姫野様にお仕えできる日を一日千秋《いちじつせんしゅう》の思いで待ち望んで参りました。どうか遠慮することなく、ご実家と思って気楽に過ごしてくださいね」

とても『ご実家』なんて気分ではないが、心から嬉しそうに目尻に涙まで溜めて微笑んでいる藤田を前にすると、彼女の心遣いを無下にするような事はいえない。

「ありがとうございます。……頑張ります」


その晩。気疲れして早く寝ようと思っていた水希の元に、康隆が尋ねて来た。

「夜遅くに申し訳ない。少し話をしてもいいでしょうか」

「はい、まだそんな遅い時間でも無いですし気にしないでください」

今日の夕食は康隆が会議で帰宅が遅れたので別々に取っている。朝も康隆は慌ただしく出て行ったので、会話をしたのは丸一日ぶりになる。

扉の前で話すのは失礼なので、水希は彼を室内に招き入れた。

「座ってください」

「水希さんがお疲れのようだと、藤田から聞きました」

「疲れているのは康隆さんの方だと思いますよ。ほうじ茶でいいですか？　夜にカフェインはお勧めしたくないので」

とてもお高そうな茶器一式と、これまた有名ブランドの茶葉で手早くほうじ茶を淹れて康隆の前に置く。

「目の下のクマ、すごいですよ」

「あなたを気遣うつもりが、逆に気遣われてしまった。申し訳ない」

お茶を一口飲むと、康隆がほっと息を吐く。

(見れば見るほど、私がこの人の許嫁なんて信じられないわ)

芸能人に興味の無い水希から見ても、康隆は所謂イケメンと称される俳優達に引けを取らない顔立ちをしていると思う。

容姿だけではない。

彼の家柄や立場、どれを取っても自分とはとても釣り合いはしない。

「洋服、ありがとうございました。服やバッグも……でもあんなに沢山は必要ないです」

「水希さんは、洋服にはご興味がありませんか？　でしたら明日、ジュエリーを――」

「それって、私がもので釣れると思って言ってるんですか？」

ついとげとげしい物言いをしてしまい、水希は口元を押さえた。だが康隆は気を悪くした様子もなく、逆に頭を下げてくる。

「失礼な事を言って申し訳ない。決して水希さんを釣るだとか、そんな風に考えたわけではありません」

額を抑えて康隆がため息交じりに呟く。

「志郎《しろう》からも、舞い上がりすぎていると叱られたのに……」

「志郎？」

「ああ、執事の河野のことです。彼とは兄弟同然に育ってきたので、私が暴走しそうになると真摯に忠告してくれるんです」

康隆が言うには、執事の河野志郎は現在三十歳で康隆の三歳年上だそうである。

自身にも婚約者がおり、水希が見つかった時も我がことのように喜んでくれたのだと康隆が微笑む。

「康隆さんにとって、信頼できる方なんですね」

「昔から彼は、忌憚《きたん》ない意見を言ってくれる数少ない理解者です。いつもなら忠告を聞いて冷静になれたのですが……申し訳ない」

家柄や社会的な立場からして、康隆が心の内を話せる相手は少ないのだろうなと水希は察した。

トップに立つ人間は孤独だと何かで読んだ気がする。きっと河野は康隆にとって信頼できる部下であり、親友なのだろう。

「私は特に、人間関係を構築する上で、随分と下手だと自覚があります。特に恋をした相手には、自分でも感情の抑えが効かないと思い知りました」

ストレートな物言いに、水希は赤面してしまう。

「女性にはプレゼントを贈るものだと、そう思い込んでいたのは事実です。多ければ多いほど喜ばれるだろうと」

「度が過ぎますよ」

思わず突っ込みを入れると、虚を突かれたように康隆が目を見開き、破顔する。

綺麗な二重の目尻が下がりその表情が可愛らしいと思う。

(笑うと、ちょっと幼い感じになるのね)

纏う雰囲気が和らいだお陰か、水希も緊張を解く。

「私も、酷い言いがかりみたいな事を言ってごめんなさい。でもあんな高価なものを贈られても。正直困ります」

「私はあなたに相応しい装いをしてほしいだけなんです。けれどあなたが嫌だというなら、今後は考慮します」

『考慮』という事は、つまりは止めるつもりはないのだろう。しかし許嫁として屋敷に留《とど》まる以上、水希も余り強く遠慮はできない。

これ以上言い合いをしても平行線だろうと諦めて水希は話題を変えた。

「あの、私に何かお話があってきたんですよね？」

「気分転換に何処《どこ》か静かな所へお誘いしようと思ったんです。それで水希さんのご希望を聞こうと思いまして」

「お忙しいのに、大丈夫なんですか？」

「あなたがふさぎ込んでいると、仕事が手に付かないんです」

「冗談は止めてください」

「冗談ではありません」

大真面目に返されて水希はどう答えればいいのか迷った。

彼が忙しいことは明白だ。

ただでさえ水希が屋敷に来た直後はつききりで様々な手続きを手伝ってくれた。その分、彼の仕事が滞ったことくらい察しは付く。

「えっと、近場ならどこでもいいです」

「では明日、朝食後に出かけましょう」

かなり強引な提案だったけれど、水希は康隆の言葉に頷いた。

彼が部屋を出て行ってから一人湯船に浸《つ》かり、ふと康隆の見せた表情を思い出す。

（笑顔。可愛かったな）

自分より年上の男性に対して失礼かもしれないけど、キリッとして隙のない表情より和らいだ雰囲気の方が彼らしい気がする。

（それに、あの人も疲れてるみたいだし。気分転換は必要よね）

康隆からすれば、本心で水希を心配して誘ってくれたのだろう。でもあの目の隈《くま》を見てしまうととても嫌だとは言えなかった。

翌日は雲一つ無い天気で、まさにお出かけ日和だった。

入社してから休日に出かけるなんてなかったし、まず休日自体も片手で数えるほどしかなかったと思い出す。

あの頃は新人が有休を使うなど甘え、熱があっても呼び出されれば出社するのが正しい社会人だと半ば洗脳されていた。

「どうして信じちゃってたんだろう？」

この数日、書類を揃える過程で康隆や彼の弁護士達から間違いを指摘されたお陰で、馬鹿みたいな洗脳は大分解けていた。

それでも最初の数日は、呼び出し音の幻聴に怯えたり、何もしないでいると不意に怖くなったりもした。

今もそろそろ出かけるというのに、急に罪悪感がこみ上げてきてソファに座り込んだまま動けずにいる。

「水希さん、支度はできましたか？」

「あ、……はい……」

ドアをノックされ、水希はのろのろと立ちあがる。

「ごめんなさい、お待たせしちゃって」

「いいえ。私が待ちきれなくて、迎えに来たんです」

私服の康隆を前に、胸がドキリと高鳴る。

朝食の席では気恥ずかしくて視線を外していたから、改めて目の前に立つ私服の康隆に水希は見惚《みと》れてしまう。

白のデザインシャツに、デニムジーンズを合わせたシンプルなスタイルだ。

けれど、だからこそ均整の取れた体型が際立つ。腕時計も普段付けているシルバーのものではなく、革製の洒落《しゃれ》たデザインだ。

一方水希はと言えば、服が多すぎて困り果てていたのを見かねた若いメイド達が、あれこれ案を出し合い、淡い水色の地でスカートの部分に刺繍で大きな花が描かれているワンピース姿。きっとこれもどこか有名なブランドの服なのだろうけど、怖くてタグは見ていない。スマホとリップが入る程度の小さなバッグを片手に、ぼーっと立っている水希を康隆が無言で見つめてくる。

「やっぱり似合いませんよね。もっと地味なの探します」

「いいえ、あなたは何を着ても美しいと思いまして。――さ、行きましょう」

エスコートするように右腕を差し出され、水希はおずおずと掴まる。そして河野と藤田達に見送られて、二人は康隆の運転する車で屋敷を出た。

「康隆さん、運転するんですね。てっきり、運転手さんに任せてるものだとばかり思ってました」

「たまに一人になりたいときもあるので、免許は取ったんです」

運転には慣れているのか康隆のハンドル捌《さば》きはスムーズだ。初めは緊張していた水希だが、次第に眠くなってくる。

「休んでください。着いたら起こしますから」

「でも……」

心地よい振動が水希を眠りに誘う。起きて話をしようとしていたにもかかわらず、水希はいつの間にか眠ってしまっていた。

「水希さん。つきましたよ」

「……え？」

自分では少しうとうとした程度だと思っていたが、実際にはかなり深く眠っていたらしい。声をかけられて目蓋《まぶた》を開けた水希は、フロントガラスの向こうに広がる景色に目を見開く。

「綺麗」

正面には真っ青な海と、海の色を薄めたような見事な青空があった。

「ランチまでには少し時間があるので、少し歩きませんか？」

「はい」

促されて車を降り、駐車場から浜辺へ続く階段へと向かう。泳ぐにはまだ早い季節だからか、砂浜に人影はない。

「海に来たのなんて久しぶり」

「私もです」

両手を広げ伸びをして深く息を吸い込む。海の香りが胸いっぱいに広がって何だか気分が弾む。

（子どもの頃に家族で海水浴に行ったきりだからかな。久しぶりすぎて、テンション上がる）

波打ち際に駆け寄って、寄せてくる波から逃げてはまた海に近づいてみる。らしくなくはしゃいでいた水希は、ふと康隆の視線に気づいて振り返った。

「あ、ええと……」

（あざといとか思われてたらどうしよう。恥ずかしい……）

二十三にもなる女が波と追いかけっこをするなんて、康隆はどう見ただろう。あざといと思われるのも嫌だけれど、子どもっぽいと思われるのも恥ずかしい。

一々自分の行動に言い訳めいた事を考えるようになったのは、あの会社に就職してからだ。何かにつけて先輩達は新人にあれこれと文句を言い、私生活も事細かに報告するよう圧をかけられていた。

適当に嘘を言って誤魔化せば良かったのかもしれないけれど、社会を知らない自分を含めた新人は尋ねられるまま喋ってしまう。そして気付けば、些細《ささい》な事まで口出しされるのが当然のような生活に慣れてしまっていた。

「水希さん」

「え、きゃあっ」

考えに囚《とら》われていた水希の足もとに、いつのまにか波が押し寄せてきていた。パンプスが濡れそうになって数歩下がったけれど、砂に足を取られて転びそうになる。

すると康隆が背後から水希の腰を抱き上げて波から離れた。

「ありがとうございます」

康隆に抱き上げられたままの水希は、バランスを取ろうと咄嗟に彼の肩へ手を置く。

（恋人同士みたい……）

見上げてくる康隆が柔らかく微笑む。

「楽しんでもらえたようで良かった」

ぽかんとしていると、波が届かない位置にそっと下ろされる。はしゃぐ水希をからかうでもなく、康隆は心から嬉しそうだ。

気恥ずかしさを誤魔化そうとして、水希は視線を逸《そ》らす。

「それにしても、全然人がいませんね」

そう広くない浜辺に、人影はない。多少寒くても数人のサーファーがいるものだが、ここには自分達だけだ。

「うちのプライベートビーチですから」

「つまり、豊島家の個人所有地ってことですか？」

「はい」

あっさり返され、水希はリアクションに困る。

「都心からは車で一時間ほどなので、気分転換によく来るんです」

「はあ」

彼の家でずらりと居並ぶメイドに挨拶をされたときも思ったけれど、豊島家は水希の想像を遙かに超えている。

(いくら小さな会社の負債でも、まるっと被るなんてあり得ないって思ってたけど。豊島家ならあり得る話だわ)

「そろそろランチにしましょうか」

黙り込んだ水希を康隆が促す。

促されるまま連れて行かれたのは、浜辺からほど近い建物だった。クリーム色の高い塀に囲まれ、中は見えない。

しかし康隆は水希の手を取って迷うことなく入っていく。

「お待ちしておりました」

既に康隆が連絡していたのか、数名のコックと従業員が二人を出迎える。

「ここって……?」

「来月オープンの店舗だから、視察も兼ねて来ました。よければ水希さんの意見も聞かせてください」

店内はプロバンス風のデザインで統一されている。

天井が高くて海に面した側がオープンテラスに続いており、明るい日の光がたっぷりと差し込んでいる。

水希と康隆は先程の浜辺が見える席に案内された。

「康隆さんのお仕事って、どんなことをするんですか？」

豊島物産の実質社長の専務とは分かっているけど、具体的な仕事内容は知らない。というか、所謂総合商社というものが何をしているのか水希には想像が付かなかった。

以前勤めていた会社も豊島物産から降りてきた仕事を請け負っていたが、三次下請けという立ち位置だったことと、水希はもっぱら事務仕事だったので教えてもらうこともなかった。

「一言で表すには難しいのだけれど。物産系の企業はそれぞれ得意分野があるんだ。うちは貿易と、国内では不動産取引がメインで——」

興味持ってくれたことが嬉しいらしく、途端に饒舌になった康隆が丁寧に説明してくれる。

「今夜泊まるホテルも、新しいコンセプトで売り出すものなんです」

「色々手がけているんですね」

その多岐にわたる分野を統括し指揮を執るのが康隆だと理解する。一つだって複雑だと思うのに、康隆はその全てに対して知識を持たなくてはならない。

「忙しいのに、私と旅行なんかしていいんですか？　家でゆっくり休んだ方が……」

「私は水希さんと一緒にいる方が、リラックスできるんだ」

臆面もなく言われて、水希は耳が熱くなる。

（本当にこんな素敵な人が、どうして私を許嫁だなんて言うんだろう）

これまで水希は、異性にここまで優しくされたことがない。男性が嫌いなわけではない。けれど、なんとなく恋愛は億劫《おっくう》だと思っていて、そんな気持ちが無意識に表に出ていたのかもしれない。

康隆に流されるまま彼の許嫁にされてしまったこの状況はまだ受け止めきれていないけど、水希にとって心地よいのも事実だ。

料理は美味しく、康隆との会話も楽しい。会社ではいつも聞き役に徹していたので、対等に会話をしてくれる康隆に水希は少しずつ心を開き始めていた。

食事の後は近くの土産物店を見て回り、歩き疲れるとカフェに入って他愛《たあい》の無い話題で盛り上がった。

「――こんなに楽しくお喋りしたの。学生の時以来です」

「水希さんは、学生時代にこういったデートをしていたのですか？」

「まさか！　気の合った友達としか出かけませんでしたよ」

一瞬、康隆の表情がほっとしたように見えたのは、気のせいだと思うことにする。

日が落ちてくると、康隆が再び水希を車に乗せて浜辺を見渡せる高台に建つホテルへと向かった。

そこはプライベートな空間を売りにしているホテルで、客室は十室だけなのだと道中で説明される。

到着するとレストランに入ったときのように、従業員一同が玄関で出迎えてくれた。

（やっぱり慣れないわ）

豊島家で毎朝メイド達から挨拶をされるので、耐性はついたと思っていたのは気のせいだったらしい。

（基本が小市民なんだから、仕方ないわよね）

ついお辞儀を返してしまう水希に対して、ホテルの支配人だと自己紹介した女性が柔らかに微笑む。

「お待ちしておりました。奥様はこちらへどうぞ」

「奥様って、私？」

隣の康隆を見れば、当たり前だという顔で彼が頷く。

「私の我が儘で一日連れ回してしまったから、妻がリラックスできるように頼むよ」

「畏《かしこ》まりました」

「康隆さん？　あの、私……奥様じゃなくて……」

だったらなんなのだと、心の中で自分に突っ込みを入れてしまう。オロオロしている間にも、水希は女性従業員達に囲まれて何処かへと連れて行かれた。

「どうぞ、こちらに」

案内された部屋は、豪華なエステルームだった。

（ここってエステルームじゃない！　……人生初めてのエステだ！）

「アロママッサージのコースをご用意していますが、お好みの香りはございますか？」

「えっと。……お任せします」

知ったかぶりをして注文するより、ここは専門のスタッフに任せるべきだろう。部屋に入ってても何をしたら良いのか分からず戸惑う水希に、スタッフがエステメニューの説明をしつつ基本的な事を教えてくれる。

「服はそちらのハンガーにおかけください。下着はこちらの紙の物に着替えていただいて、施術が終わりましたらバスルームにご案内させていただきます。館内はレストランを含めホテルのルームウエアで大丈夫ですので、服はクリーニングしてもよろしいですか？」

「は、はい」

多分康隆の指示でルームウエアが用意されているのだろうから、断るのは逆に失礼だろう。

水希はスタッフの指示どおり服を脱いで、エステルームに向かう。

（天国だわ）

アルマオイルで全身をマッサージされ、髪からつま先まで全身をくまなく磨き上げられる。

自分の手より、他人にしてもらうマッサージはとても心地よくて水希はベッドの上で微睡《まどろ》んでいた。

海といい、エステといい。簡単にテンション上がってしまう自分は、とても安上がりな庶民だと実感する。

エステが終わる頃には一日歩いた足のむくみもすっかり取れただけでなく、全身が引き締まり血色もよくなっていた。

以前同僚がお試しでエステの無料体験に行った話を聞いたが、その時は『全然変わらなかったし、有料会員の勧誘されて逆に疲れた』と愚痴《ぐち》っていたのを思い出す。

（本当のエステって、こういうのなんだろうな。やっぱり格差があるなあ）

バスルームで汗を流し、ホテルのルームウエアに着替えて用意されていた化粧品で肌を整える。

スタッフの案内で部屋に向かう途中、バーで飲んでいた康隆と合流した水希は彼を待たせていたと今更気が付いて頭を下げた。

「ごめんなさい。エステが気持ちよくて、ついのんびりしちゃって」

「いいんですよ、気に入ってくれたのなら何よりだ。ああ、水希さんも飲みますか？」

彼もルームウエアに着替えており、すっかりリラックスした様子だ。

「今飲んだら寝ちゃいそうだから、遠慮します」

美味しいお酒は好きだけど強くはない。

（……それに……康隆さん的には、そういうこと込みで誘ったんだろうし）

あのワンナイト以来、康隆は自分に触れては来ない。豊島の屋敷でも水希の部屋へ強引に入るようなことはないし、性的な事も求めない。

けれど今日は、二人での外泊だ。エステで隅々まで磨かれ、ある意味準備万端《じゅんびばんたん》にされてしまっている。

「水希さん。部屋に夕食を準備してありますから行きましょう」

康隆が水希の腰を抱き寄せ歩き出す。いつの間にか案内に立っていたスタッフは姿を消しており、廊下には二人以外の姿は無い。

「康隆さん、まさかここも貸し切りですか？」

「そうだよ」

不思議そうに首を傾げる康隆に、水希は引きつった笑みを返す。

いくら彼の所有するホテルとはいえ、営業妨害になっていないだろうかと変な心配をしてしまう。

康隆からすれば、これは当たり前の日常なのだろう。

気まずい、とも少し違う微妙な緊張感の中、水希はどうも見ても新婚用らしきスイートルームに入る。

仕切りのない広々とした室内には、ダイニングテーブルの他に寛《くつろ》げるソファセット、そしてカウンターキャビネットを挟んでクイーンサイズのベッドが配置されていた。

ソファセットの中央に置かれたテーブルには、飲み物とキッシュやスコーンなどの軽食が数種用意されている。

まさに至れり尽くせりでため息しか出ない。

「足りないものがあれば言ってください」

「十分贅沢《ぜいたく》させてもらってますから、大丈夫です。折角《せっかく》作っていただいたご飯が勿体ないですから、食べましょう」

「ああ」

料理長ブレンドと説明書きのされた野菜ジュースで乾杯し、二人は少し遅い夕食を取る。ランチがかなりがっつりしてたので、量的には少なくて助かった。

心身共に癒やされ、美味しい料理に舌鼓を打つ水希は、次第にこれまで心の奥に閉じ込めていたものを口にし始める。

上手い話につられて、ブラック企業に入ってしまったこと。会社での理不尽な出来事。セクハラやパワハラで辞めていく先輩達に、何もできないどころか庇ってくれたお礼もできないまま自分も辞めることになったこと。

「――それが辛いです。でもこんなのって偽善なんでしょうね。結局、何もできなかったわけですし」

「あなたは優しい人ですね」

意外な言葉に、水希は目を見開く。

「ご自身も大変だったのに、先輩方のことを思いやれる優しい人です」

ずっと辛かったけど誰にも相談できなかったこのモヤモヤとした気持ちが、真摯な康隆の言葉で大分晴れた気がした。

康隆は話し上手なだけでなく聞き上手でもあったので、つい他にも喋ってしまう。話し疲れてうとうとし始めた水希の体が傾くと、急に康隆の腕が体に回された。

「風邪を引きますよ」

そう言って、康隆がお姫様抱っこでベッドへと運んでくれる。あの夜もこんな風にベッドへ運ばれたとぼんやり思い出すけれど、やはり記憶は朧気《おぼろげ》だ。

それでも何をされるのか覚悟はしていたので、水希はきゅっと唇を噛《か》む。

(一度抱かれたんだもの。今更……)

そうは思っても、どうしたって体は強張《こわば》ってしまう。康隆は水希をベッドに下ろすと自身も隣に横になり、毛布をかけてくれる。

「お休み、水希さん」

「……おやすみなさい」

拍子抜け、と言えばいいのだろうか。肩が触れ合うほど傍《そば》に居るのに、康隆が手を出してくる様子は全く感じられない。ほっとしつつも、少し寂しいとも思う。

(やっぱり尻軽だと思われてるのかなぁ)

あっさり体を許したのだから、ワンナイトと割り切って遊び歩いていると思われても仕方ない。

許嫁と言うけれど、それは形だけのお飾りが必要なだけかもしれないと今更思う。実際、自分と結婚したところで、豊島家にはなんの利益もない。

父の話が本当なら、借金のカタとして押し付けられた厄介者だ。それが遊び歩くような女だとしたら、尚更《なおさら》結婚相手としては失格だろう。

(私ったら、なんでがっかりしてるのよ)

訳の分からない形で結婚するより、康隆に嫌われて破談になった方が良いはずなのになんだか胸の奥がもやもやする。

正直なところ、借金のカタで差し出された自分と結婚なんて、康隆は本心ではどう思っているだろうか不安になる。今日のデートだって、何も知らない水希を憐《あわ》れんで計画した可能性だってある。

(聞けばいいのはわかってる。でも——)

聞いて返された答えが自分に不都合なものだったらと考えると怖くなる。それはこの生活が快適だから？　と自分に問うてもよく分からない。

隣で眠る康隆の横顔は、壁掛けの間接照明でぼんやりと浮かび上がって見える。

(睫《まつげ》長い……私、この人に初めてを捧《ささ》げたんだ)

あの夜、確かに自分は彼と口づけた。

無意識に唇を触りながら、その先の、もっと恥ずかしい場所にキスされたことも思い出せば、お腹の奥がじわりと疼《うず》く。

「眠れませんか？」

「きゃあっ」

目蓋を閉じたまま康隆が言うので、驚いた水希はベッドから飛び起きる。

「寝たふりとか狡《ずる》いです！　……ごめんなさい」

「いや、私こそ驚かせて申し訳ない」

怒鳴ってしまった事を謝罪すると、康隆が身を起こす。そして水希の体に腕を回して抱き上げた。

「私も眠れなかったんです。少し話をしませんか？」

リビングのソファに座ると、康隆が二人分のハーブティーを淹れて戻ってくる。そして隣に座ると水希にマグカップを渡してくれる。

「私達は、謝ってばかりですね」

「……はい」

否定する理由はなかったので、水希も頷く。

こうして触れられる距離にいるのに、見えない壁に隔てられている気がしてどうしても遠慮してしまう。

会話の糸口が見つけられず悩んでいると、康隆が先に口を開く。

「本当に、一目惚れなんです」

思い詰めたような声に、思わず彼を見る。

「もっと早く探し出せると過信してました。仕事を言い訳にして、人任せにしてしまっていたことを申し訳なく思っています」

「いや、だって。本当に康隆さんはお仕事大変じゃないですか」

「その上、あなたを大切にしたかったのに、いきなりあのようなことをしてしまって……」

ワンナイトのことだと察した水希は頬を赤く染めた。

「抑えが利かなかった」

熱っぽい眼差しを向けられ、水希はどうしていいか分からず視線を逸らす。

「私もいきなり、その……酔ってたからって、身を任せるような真似をしたんですから。康隆さんだけが悪いように考えないでください」

「水希さん……」

ふっと康隆が表情を和らげた。

無防備に笑うと彼は幼い雰囲気になる。普段とのギャップに思わず見惚れていると、康隆が意外な提案をする。

「私たちはお互いに知らないことが多すぎる。だから今日みたいに、少しずつで良いから会話をして、互いを知っていきたい」

どうだろうか、と問われて嫌な気持ちはない。だから水希も、素直に思うことを伝えた。

「じゃあまずは、私に敬語はやめてください」

「では水希さんも」

「私はその。立場的に、敬語をやめるのは難しいって康隆さんも分かるでしょう？　けど康隆さんは固すぎるというか。せめてもう少し、砕けた口調で接してもらえると助かります」

「分かりました。ではこれからは婚約者らしく言葉でも行動でも、距離を詰めますよ」

「えっ？」

腕が水希の肩と腰に回され、座ったまま横抱きにされ引き寄せられた。そのまま康隆が立ちあがるので、水希は咄嗟に彼の首にしがみつく。体重は平均的だと思うけど、座った状態で水希を持ち上げた康隆に少なからず驚く。

「もう遅いから、ベッドに入ろう。ああ、もうこんなに冷えてしまっている」

不意打ちで康隆が首筋に唇を寄せた。

むずがゆい快感に、水希は僅かに身悶える。

その先を期待してしまう自分がいるけど、どう切り出したらいいか分からない。水希からすればあのワンナイトはほぼ記憶にないので、肌を重ねることはまだ恥ずかしい。

「康隆さん、私……」

「無理はしないで、水希」

体のこわばりは、ルームウエア越しに伝わっているのだろう。

「君の心と体が私を本心から受け入れられるようになるまで待つから」

どこまでも優しい康隆に、水希は涙ぐむ。大切にされることがこんなにも安心できて幸せな事なのだと、改めて知る。

その夜。水希は康隆の腕に抱かれ守られるようにして眠りについた。

＊＊＊＊＊

泊まりがけデートから帰ってきた翌日から、水希は自分の心がどこか満たされていないと改めて気付いた。

仕事の話をする康隆はとても楽しそうで、忘れかけていたデザインへの憧れが再燃した。

希望とは違う会社で働くうちに、いつの間にか日々の仕事に忙殺されて夢を諦めていたことすらも忘れていた。

思い立ったが吉日とばかりに、水希は早速文房具店へ行き、スケッチブックと十二色の色鉛筆を購入した。帰宅すると藤田が『言ってくだされば、もっと色数の多いものを用意しましたのに』と困り顔をするので、気持ちだけありがたくいただくことにする。

康隆に頼めば、色鉛筆どころか高価な絵の具も揃えてしまいそうだ。しかしそこまでの費用を、今の水希は賄《まかな》えない。

(多分、康隆さんは気にしないだろうけど……)

お世話になりっぱなしなのは、やはり気が引ける。早く仕事を見つけて、祖父の作った借金を返す必要もあるから無駄遣いはしたくない。

久しぶりに机に向かいジュエリーのデザイン画を描きながら、スマホで中途採用の募集をかけている会社をピックアップする。

一週間ほどかけて面接に持って行けそうなポートフォリオを作り上げた水希は、眠い目を擦りながら康隆の詰めている執務室に向かう。

先に藤田から話があると伝えてもらっていたので、水希が扉をノックすると康隆自らが扉を開けてくれた。

「待っていたよ。君から話があると聞いて、楽しみにしていたんだ」

この一週間は集中したくてほぼ自室で食事を取っていた。なので、顔を合わせるのは久しぶりだ。

　傍に控えている執事の河野も、どこか嬉しそうに水希を見つめている。

「それで話とはなんだい？」

「仕事をしようと思うんです。それでこの会社の面接を受けようと思いまして。履歴書に、こちらの住所を書いてもいいですか？」

「何故水希さんが働く必要があるのか、聞いてもいいかな？」

「……康隆さんは、私が働くのが嫌なんですか？」

「君の意思を否定するつもりじゃなかった。ただ水希はこの一年、酷い環境で働いていたから、暫くは体を休めた方がいいと思っているんだよ。あの仲野という男の件もあるしね」

　確かに康隆の言うとおりだ。

　この一年間で、水希は心身共にかなり疲弊してしまった。今は風邪を引きやすいとか、頭痛が頻繁に起こるなど体の不調が主だが、無理をすればメンタルにも支障が出ると豊島家の専属医から言われている。

　仲野のことも、まだ解決したわけではない。会社の方は潰れたと河野から教えてもらったが、仲野本人を含めた一族は姿を眩《くら》ませて逃げているらしいのだ。

警戒するに越したことはないが、それ以上に水希には不安がある。

まだ父からは何の連絡もないけど、もし借金が本当なら自分が康隆と結婚するだけで全てなかった事になるなんて甘く考えてはいない。

「一人でぼーっとしてるのにも飽きちゃったんです。少しでも仕事をしてた方が、落ちつきますし」

至れり尽くせりもたまにならば気分は良いが、毎日となると気が引けてくるのだ。

「分かった。ただし、私の目の届く場所でなら。という条件付きになるけれどいいね？」

一応提案という形だが、康隆が譲歩するつもりがないのは目を見れば分かる。この状況で我が儘を通そうとしているのは自分の方なので、水希は頷くしかない。

「では秘書課に水希が入れるよう手配を頼む」

「待ってください！」

先程水希が希望した会社ではなく、康隆は完全に自分の手元に置く気でいると分かり流石に慌てる。

これでは全面的に頼る事になるので本末転倒だ。

「康隆さんが心配してくれる気持ちはありがたく思ってます。でも完全なコネで働くのはなんだか違う気がして……我が儘とは分かってますけど、デザインで自分の力を試してみたいんです。豊島家の名前も、できるだけ出さない方向でお願いできませんか？」

康隆に関わりがあるとバレれば、働きづらくなるのは目に見えている。忖度《そんたく》されては意味が無いと訴えると、思わぬ所から助け船が出された。

「では姫野様は、本社のデザイン部門にアシスタントとして入るのはどうでしょうか？」

「しかし我が社には、水希が希望するようなジュエリー専門の部署はないだろう？」

疑問を口にする康隆に、河野が頷く。豊島物産は直接の販売ルートを持つブランド商品は少ない。

それぞれには、専属の広報やデザイナーが就いているが、残念ながらジュエリーの取り扱いはないのだ。

「社長の仰る通りです。ですが他社からの広告やパッケージデザインを請け負う部門はありますので、そちらならジュエリー関連の案件も受けている筈です。現在はさほど重要視されていない部署ですし、姫野様が中途採用となっても目立たないかと」

河野の言葉に康隆もそれならばと納得した様子だ。

「アシスタントはアルバイトと似たような立ち位置で、勤務時間は調整が利きます。無理せず働くには、良い環境だと私は思いますよ」

ただし給料もアルバイト程度になってしまうと河野が付け加える。しかし水希からすれば、給料が少なくても豊島物産の本社で働けるなんて夢のような話だ。

「是非お願いします！」

「……本当に、正社員扱いでなくてもいいんだね？」

「勿論です」

すぐに河野が手元のタブレットを操作して、人事表の確認を始める。

「若干名アシスタントの募集がかかってますね。姫野様は美大のデザイン科を卒業してますから、アシスタントで入る条件は満たしています」

「ありがとうございます、河野さん」

「ではそれで進めてくれ。だけど無理はしないと約束してくれ、水希」

「はい」

コネ入社ではあるけれど、アシスタントとして一から学ぶのならば正社員として登用されるよりはハードルは低い。

その日のうちに水希は面接のアポイントを取り付けてもらい、週明けからアシスタント業務に就くことが決定した。

（思いっきりコネだけど、チャンスなのは事実よ。頑張らなくちゃ）

気合いを入れて身支度をし、水希は本社まで送るという康隆付の運転手に断りを入れる。折角目立たないように手配してくれたのに、運転手付きの車でアルバイトが乗り付けたら、あっという間に噂が広まるだろう。

久々に電車に乗ったが、約一カ月ぶりの通勤ラッシュは身体に堪えた。

それでも豊島物産本社で働けるというのは魅力的なので、水希は気持ちを奮い立たせる。

始業の三十分前にデザイン部門のあるフロアに入ると、既に何名かの社員が忙しく走り回っていた。

フロア内は広く、幾つかの部署が入っているがそれぞれを隔てる壁はない。会議室もガラス張りで、隅々まで見渡せる造りになっている。

「おはようございます。本日よりアシスタントで入ることになりました、姫野水希です。よろしくお願いします」

毎日のように社訓を繰り返させられた前社のお陰で、肺活量には自信がある。それまで水希の存在など見えないかのように走り回っていた社員達がピタリと足を止めて、フロアの入り口に立つ水希へと視線を向けた。

「ご指導ご鞭撻《べんたつ》、よろしくお願いします」

「威勢はいいわね。うちは体育会系じゃないけど、大きな声で挨拶できるのはどの部署でも武器になるから損はないわよ。姫野さん」

一番奥のデスクから一人の女性が歩いてくる。

「デザイン部門の部長をしている森田《もりた》よ。期待してるわ」

「はい」

すらりとした長身の美人に微笑まれ、水希は改めて頭を下げた。すると森田が、さりげなく周囲を見回して社員が近くにいないことを確認すると声を潜める。

「——上から事情は聞いてます。本社の正社員登用を蹴って、バイト同然のアシスタントから始める心意気は評価するわ」

「我が儘を言っているのは承知しています。精一杯頑張りますので、ご指導よろしくお願いします」

おそらく彼女だけが、水希がコネを使ってこの職を得たと知らされているのだ。しかし森田からは、容赦はしないという空気が伝わってくる。

「まずは社員の使うデスクの場所を覚えて。朝一で書類と外部からの手紙を届けてから、会議用の資料コピー。返却されてない見本用紙の確認が終わったら、色校チェックの手伝い——」

デザイン部の責任者である森田部長にオフィスを案内してもらいながら、水希は細かくメモを取る。

これまで憧れでしかなかった仕事と関われるだけでも夢のようだ。

ただ本社ではジュエリー専門の部門がないので、他社のジュエリーとコラボしたパッケージや広報がメインの仕事となる。

「デザイン部門と言っても、そう重要視されてない部署だから。主導でする仕事は殆どないわ。けどこれからは、積極的に上層部へ働きかけて仕事をもらうつもりよ」

「森田部長は、野心家なんですね」

「だって折角好きな仕事に就けたんだもの。あなただって、大きい案件をやってみたいでしょう？」

心から仕事を楽しんでいるというのが伝わってきて、水希も俄然《がぜん》やる気が出る。

「仕事に慣れてきたら、アシスタントでもコンペへの参加はできるからどんどんやってね。ただし、本来の業務の手を抜いたら、すぐに出て行ってもらうわよ」

「分かりました」

正社員でもないのにチャンスが与えられるというのは有り難い事だ。

「じゃあ早速だけど、吉岡《よしおか》君のサポートに入ってもらえる？　――吉岡君、この子今日から入った姫野さん。アシスタント欲しがってたでしょう？　あなたに預けるから、頼んだわよ」

「姫野水希です。よろしくお願いします」

「吉岡尚人《なおと》です。俺も入って二年目なんで、一緒に頑張りましょう」

吉岡は見た目も雰囲気もおっとりしており、物腰も柔らかい。以前の職場では男性陣は女性――特に事務職――を見下すような言動が多かったので、少しほっとする。

「僕はいま、ポスターの色校確認を任されてるんだ。デザインはほぼ決定してるし、色味が最初の指定と変わってないかとか、あとは印刷の手配とか。地味な作業が多いんだけど……」

「こちらで働かせてもらえるだけで、すごく感謝してるので何でもやります！」

吉岡の担当するグループに移り、現在の仕事の説明を聞いた水希は真剣な表情でメモを取る。

「君、変わってるね」

「え？」

「ほら、豊島物産て大手だから。デザイン部門も派手だと思って応募してくる人が多いんだよ。でも実際は、オフィスは本社ビル内にあるのに他社の下請けみたいな業務が多いから。仕事内容を説明すると、あからさまにがっかりして辞める人が多いんだよね」

はあ、とため息を吐く吉岡の様子から、どうやら通年人手不足なのだろうと推測する。

確かに大手の名前だけを見て入社して、実際は本社とはほとんど関わりがないと知ったら意気消沈するだろう。

「私からしたら、こんな大手で働けるなんて夢みたいで。それにキャリアを積むには最適な場所だと思いますし。がっかりなんてしてませんよ」

他社からの依頼ばかりとはいっても、受ける仕事は一流のものばかりだ。

正社員への登用がなくとも転職の際には有利になる。

「そう言ってもらえると、心強いよ。それじゃまず、午後の打ち合わせで使う資料作成をお願いするよ」

吉岡は嬉しそうに頷くと、ファイルの束を水希に指し示す。

「付箋のあるページを五人分コピーして。君もアシスタントではあるけど、会議に参加してもらうから資料を読み込んでおいてね。デスクはここでいいかな？　僕は斜め前の席だから、分からない事があれば気にせず声かけてね」

「は、はい」

「そうだ、余裕があれば、パッケージに使う紙見本も見て覚えておいて。あっちの壁際にある棚に入ってる。それと会議が終わり次第、印刷所に発注かけるから――」

(アシスタントっていっても、本当に容赦ないわね)

矢継ぎ早に指示を出され、水希は必死にメモを取る。

「……ええと、田辺《たなべ》さん。発注の仕方を後で姫野さんに教えてあげて」

「分かりました。うわー新人だ！　よろしくねー、発注はする時に声かけるから、また後でね」

田辺と呼ばれた社員は、水希と同じくらいの年齢の女性だ。小柄でキビキビとフロアを走り回る姿は、コマネズミのようだ。

吉岡から指示された仕事以外にも、アシスタントである水希には雑用が山のように降ってくる。

前の会社でも雑用は水希の仕事だったけど、コンビニへの使い走りや全く関係のないクレーム対応などばかりだった。

けれど今任されるのは、全てまともな仕事ばかりなのでやりがいも充実感もある。

初日はとにかく言われたことをこなすので精一杯だったけど、帰宅した水希は今まで味わったことのない爽快感を覚えていた。

（こんなに仕事って、楽しかったんだ）

帰宅して藤田の用意してくれた夕食を取ると、水希は翌日の準備をするためにすぐ自室へと戻る。

全て康隆と出会ったお陰だ。あの夜、康隆が助けてくれなければ路頭に迷っていただろう。

それ以前に、仲野に迫られ何処かへ連れて行かれた可能性だってある。

（……まだ許嫁のことは受け止めきれないけど。でも……）

出会ったその夜に一線を越えてしまった事を思い出して、水希はベッドに倒れ込み悶絶《もんぜつ》する。

いくら酔っていたとはいえ、あんな簡単にワンナイトしてしまった自分が未だに信じられない。

情けないのは、康隆と睦《むつ》み合った記憶がほぼ抜け落ちていることだ。

(余計な事考えてないで頑張ろう)

ベッドから起き上がり、両手で頬を軽く叩《たた》く。

「早く明日の用意しなくちゃ」

自分に言い聞かせるように呟き、水希は仕事用の机に向かった。


康隆から無理はしないようにと言われているので残業はＮＧだけれど、水希は許された時間内で出来る事を率先してやり遂げた。たとえ雑用ばかりでも文句も言わず真面目に取り組む水希の態度は評価され、森田部長も水希の仕事ぶりには満足しているようだ。

社員達との関係も良好で、水希の入社経緯を知らない社員からも『来年度の正社員試験を受けたらどうか』と言われている。

そんなこんなで水希は充実した仕事漬けの日々を送っていた。

(よし、今日も無事終わった)

定時上がりは基本なので、余程急な仕事でもない限り社員も残業がない。ホワイト企業だと噂では聞いていたけれど、ここまで徹底しているとは驚きだ。

(正社員の登用試験か……康隆さんに相談してみよう)

働くこと自体は反対されていないので、水希の体調が安定すればきっと快く頷いてくれるだろう。

本社ビルを出て駅に向かい歩いていると、バッグの中でスマホが振動する。仕事用の方ではなくプライベートで使うスマホだったので、首を傾げながら画面を確認した。

「……康隆さん?」

画面をタップすると、ショートメールが届いておりそこには『次の交差点手前の路地を左に入って』と書かれていた。

小走りに指示された路地に入ると、一泊旅行の際に康隆が運転していた車が停車していた。

「水希」

「康隆さん、どうして……」

車の窓が開いて康隆が顔を覗《のぞ》かせる。その表情は悪戯《いたずら》を楽しむ子どものようだ。

「早く乗って」

同僚に見つからないか冷や冷やしながら、急いで助手席へと乗り込む。

「この所、ずっと仕事だろう? たまには二人きりで、デートがしたくてね」

「デートですか」

言われてみれば旅行以来、こうして康隆と二人きりで過ごすことはなかった。同じ屋根の下で寝起きしているのに、顔を合わせるのは朝食の時間くらいで、それも周囲にはメイドが控えているから込み入った会話は難しい。

「どこかリクエストはある？」

急に言われても水希は思いつかない。

それに明日も仕事だから、遠出はまず無理だ。

黙っていると、康隆がぽつりと呟く。

「わたしはいつも、君を困らせることしかしていないね。——時間ができたから、君の予定など考えずに行動してしまった」

「そんなことないです！　康隆さんもお忙しいのに、わざわざデートに誘ってくださってありがとうございます」

決して嫌なわけではなく、自分がこういったことに慣れていないのだと水希は続ける。

「デートって何すればいいか分からなくて」

「ショッピングでもドライブでも、水希の気分転換になることならなんでもいいんだよ」

「康隆さんは？　なにかしたいことないんですか？」

気分転換が目的なら、激務の康隆こそするべきだと思う。けれど康隆は、いつもの優しい微笑みを水希に向ける。

「私は君の笑顔が見られるなら、どこでもかまわないよ」

気遣いが嬉しい。けれど甘えてばかりで心苦しくもある。とはいえずっと駐車していてはいつ同僚に見られるかも分からない。

（どうしよう。そうだ！）

水希は少し思案してから、ふと先日ネットで見た広告を思い出す。

「康隆さんが嫌じゃなければ、プラネタリウムに行きたいです」

スマホで検索をかけて画面を見せると、康隆が頷く。

「ああ、この企画はうちも関わっているんだ。私も見たいと思ってたから、丁度いいね」

（本当に、豊島物産てどこにでも関わりがあるのね）

全く関係なさそうな案件だし、どの部署が関係しているのかも水希には分からない。しかし康隆は、きっと全ての事業をどんな小さな案件でも頭に叩き込んでいるのだ。

（私なんて、今の仕事を覚えるだけでも精一杯なのに……）

比べるのもおこがましいと分かっていても、複雑な気分になる。

幸い車は渋滞にはまることなく、目的のビルへと到着した。人気のある企画だと知っていたが、ここでは当然康隆は顔パスで入れてしまう。

おまけに案内された席は、二人がけのベッドみたいなソファで寝そべって天井を見上げるタイプの物。

気まずかったけれど、周囲の席は当然カップルばかりで水希達を気にする様子もない。

「水希？」

「あ、はい」

靴を脱いでベッドに寝そべると、隣に康隆が横になる。少しすると席も全て埋まり、室内の照明が落とされてアナウンスが始まった。

「プラネタリウムは、初めてなんだ」

「えっ」

周囲の邪魔にならないように、康隆が水希の耳に顔を寄せて呟く。

「初めてのプラネタリウムを恋人と一緒に見られるなんて、一生の思い出になるよ」

「大げさですってば」

クスリと笑い、水希が康隆を見ると彼と視線が合わさる。慌てて顔を上に向けると、人工の星空が視界いっぱいに広がりため息が出る。

三十分ほどの映像は星座の説明と季節の古典物語を絡めたもので、つい真剣に見入ってしまった。

「――なかなか面白い内容だったね。こういった企画なら、次回も出資してもいいかもしれないな」

「家族で見ても楽しめる内容でしたし、口コミでも評判いいんですよ」

プラネタリウムを出てから、近くのレストランへと移動してあれこれと他愛の無い会話をする。

これがデートとして正しいのか分からないけど、康隆と会話をするのは楽しい。

（段々、康隆さんと一緒にいることに、抵抗がなくなってきてる）

彼の許嫁という立場は受け入れられないけど、少なくともこうして身構えず話はできるようになってきている。それはきっと、康隆が水希に気を遣ってくれているからだと理解もしている。

（甘えさせてくれるのが、上手いのよね）

優しさに甘えてばかりは申し訳ないから、自分も康隆に何かお返しがしたい。

けれど今の水希には先立つものが何もないし、そもそも何を返せば良いのかも思いつかない。

（……とりあえずは、お給料貯めて。それから康隆さんになにかプレゼントしよう）

「そろそろ帰ろうか」

「わっ、もうこんな時間」

楽しい時間ほど早く過ぎるものだ。同じ家に帰るというのに、互いにこの時間が惜しいと思っているのは目を見れば分かる。

でも明日のことを考えれば、帰宅して休まなくてはならない。

「また、デートをしよう」

「はい」

頷くと康隆の左手が水希の右手を包み、そのまま歩き出す。自分より大きな手は温かくて、なんだか安心する。

そのまま水希は無言で駐車場までゆっくりと歩いた。

順風満帆に思えた日々は、呆気《あっけ》なく終わりを告げる。

初めての会議に参加し、吉岡の補佐として一つの企画を成功させた水希は、社員達から戦力として認められつつあった。

この調子で次も頼むわねと森田からも発破をかけられ、ほっとして帰宅した金曜日。

だが休み明けに出社すると、水希に話しかける社員はおらず、みな関わりを避けるような素振りを見せたのだ。

他部署からもわざわざ水希を見に人が来るので、酷く居心地が悪い。なのに誰も追い払おうとはせず、逆に他部署の社員と何ごとかを話し込んでいる。

直属の上司である吉岡さえも水希に対して腫れ物に触るような態度を取るので、全く仕事にならない。

「姫野さん、ちょっといいかしら？」

「はい、今行きます」

午前中の雑務を終わらせた水希は、森田部長についてオフィスの端にある小会議室に入った。この部屋だけはブラインドカーテンがあるので、周囲の視線は遮られる造りになっている。

扉を閉めると、森田が徐《おもむろ》に切り出す。

「察しの良いあなたは気付いてると思うけど。問題が生じたの」

「私、出しゃばりすぎましたか？」

「積極的に仕事に関わってくれたことは、みな評価してるわ。でも……あなたの働き方だと、新入社員への影響力がありすぎて」

森田が言うには、豊島物産は全ての部門で余裕のある働き方へと舵《かじ》を切っている。

だがブラックの働き方が染みついている水希は、たとえ定時上がりでも周囲からすれば過剰に働いていると捉えられてしまっているらしい。

「今日割り振った仕事も、本来は来週までに終わればいい内容なの。優秀なのは有り難いけど、周囲と歩調が合わないのは問題なのよ」

「……そうだったんですか」

その日に任された仕事は、どれだけ残業しても翌朝までには終わらせるべきだと無意識に染みついてしまっている。

「それとね、これはあなたは悪くないのだけれど……姫野さんが豊島家と関わりがあるって、噂が広まってるの」

「えっ」

まさかプラネタリウムに行ったのを見られていたのかと、水希は背筋を冷たいものが走るのを感じる。

「コネ入社とかそういう噂は、いずれはどこからか漏れるものなのよ。ただ今回は早すぎると私も感じてるわ」

「どういう事ですか？」

「誰か内部に通じてる人がいるってこと。ストーカー案件かもしれないけど、詳しくは私にも判断できないし、対応も難しいの」

森田の困惑が言葉から伝わってきて、水希は申し訳なさでいっぱいになる。

「あなたに嫉妬してるのか、それとも専務の弱味《よわみ》を握ろうとしているのかは分からないけど。どちらにしろあなたがここに留まっても良い事は何もないわ」

水希が康隆の許嫁という事はバレてないが、それも時間の問題だと察する。

森田は水希が理不尽な思いをする前に辞めた方が良いという意味で、包み隠さず話してくれているのだ。

「ねえ姫野さん、これは私からのお願いなんだけど。……姫野さんは上層部に直接進言できる立場にいるのだから、ここじゃなくて別の場所で、もっと社内の環境を良くしてほしいの。単純にゆとりを持たせた仕事だけじゃ会社は回らない。かといって、能力主義ばかりを重視しては、新人が仕事を覚える前に潰れてしまう。短い間だったけど、あなたが見聞きした事を伝えてほしいのよ。それは、あなたにしかできない事よ」

「……私にしかできない事……」

彼女の訴えは、胸にストンと落ちる。

仕事は楽しかったけれど、何処か違和感を覚えていたのも事実だ。それを正しく康隆に伝えられるか、正直自信はなかった。

でも切実な表情の森田を前にして、留まりたいとはとても言えない。水希は素直に森田の提案を受け入れ、その日のうちに自己都合での退社を申し出た。

帰宅後、水希はすぐに康隆の執務室に向かい無理を言ったことを謝罪した。

「折角仕事を紹介していただいたのに、こんな事になって申し訳ございませんでした」

すでに康隆と河野にも連絡はいっていたようで、二人とも逆に水希に頭を下げる。

「いや、私が考え無しだった」

「康隆さんが謝る事じゃないです。河野さんにもご面倒をおかけしたのに、こんなに早く辞めることになってすみません」

「こちらも信頼できる人にしか、事情は伝えなかったんだけどね。森田君は元人事だから、こういったことは慣れてる筈なんだけど。一体誰が噂を流したのか……」

困ったように唸る河野にかまわず、康隆が身を乗り出す。

「では暫くは屋敷にいてくれるね？」

「私が働くのが、そんなに嫌なんですか？」

「君の意思は尊重したい。けれど今は、水希との時間を大切にしたいんだ。ただでさえ君と顔を合わせて話ができるのは、食事の時くらいだろう？　君が同じ屋根の下にいると思うだけで、私は助けられているんだよ」

甘い言葉を臆面もなく伝える康隆に、水希はどう返せばいいのか分からない。冗談でもたちが悪いのに、康隆は心から告げるのだ。

「当面はポートフォリオ作りに落ちついて取り組んでみたらどうだろう？　私の知り合いにジュエリーを扱う企業もあるから、自信作が出来上がったら面接をしてくれるように頼んでみるよ」

「ありがとうございます！」

働くことを否定されている訳ではないと分かり、水希はほっと胸をなで下ろす。

暫くは身体を休めることを優先し、ポートフォリオ製作に専念すると約束をして水希は執務室を後にした。

第三章　本当の初めて

「一緒に来てほしい場所があるのだけれど、いいかな」

「かまいませんけど、どちらへ？」

朝食の席で唐突に切り出され、水希はきょとんとして小首を傾げる。

「今夜、友人の主催するパーティーがあるんだ。もっと早くに伝えなくてはと思っていたのだけれど」

「お仕事、忙しかったですもんね」

このところ、康隆の帰宅は日付を跨《また》ぐことが多かった。

いっそ会社に泊まった方が楽ではないかと思うのだけれど、藤田曰《いわ》く『朝食の時だけでも水希と一緒に過ごしたい』らしい。

（パーティーか……そんなの本当にあるのね）

そんなものは映画やドラマでしか見聞きした事がない。水希の知るパーティーは、大学時代に友人の部屋に集まって開いたお好み焼きパーティーくらいだ。

しかし康隆が言うパーティーが、そんな和気藹々《わきあいあい》としたものでない事くらい水希にも予想は付く。

不安な気持ちが顔に出てしまったのか、康隆が慌てたように説明する。

「別にそんな大したものではないよ。気心の知れた友人の集まり、とでも考えてくれればいい」

「けど、ご友人との集まりに、関係ない私がお邪魔して大丈夫なんですか」

「当然だ。というかその、私が婚約者である君を皆に紹介したいんだ」

少し照れたように言う康隆に、つられて水希も頬を赤くする。最近は彼から『婚約者』と言われることに大分慣れてきていた。

彼の友人達に紹介されるという事は、つまり水希の存在を公に認めさせるというステップでもあるのだろう。

「分かりました。あ、でも私、ドレスなんて持ってないです」

「姫野様のドレスは届いておりますので、ご安心ください」

控えていた河野が藤田に視線を向けると、彼女が頷く。

「朝食が済みましたら、早速準備を致しましょう」

相変わらず、何から何まで用意されていて水希が遠慮する隙も与えてくれない。

（至れり尽くせりは、まだ慣れないなぁ）

こんな心持ちで康隆の婚約者として務まるのか不安だけれど、今の自分にはそれしかできることがないのも事実だ。

楽しみ半分、不安半分と言った気持ちで、水希は藤田の入れてくれた珈琲《コーヒー》を一口飲む。

朝食を終えて自室に戻った水希を待ち構えていたのは、想像を超えたものだった。

テーブルには一抱えもある白い箱が置いてあり、数人のメイドが蓋を開ける。

「わあっ」

思わず声を上げてしまったのも無理はない。

柔らかな包み紙を除《の》けると、その下から現れたのは淡いピンク色の美しいドレスだったからだ。

「これ、私が着るの？」

「勿論でございます」

箱から出されたピンクのドレスを前にして、水希はただため息をつく。

オフショルダータイプのそれは生地と同色の糸で細かい花の刺繍が施されている。スカートはチュールが重ねられて、ドレス自体がまるで花の蕾《つぼみ》のようだ。

「さ、姫野様。お着替えを」

「えっと、どうやって着れば……え？」

不用意に触ったら破れてしまいそうで受け取るのを躊躇《ちゅうちょ》していると、何故かドレスを持ったメイド達が近づいてくる。

彼女たちの中には下着も手にしている者もいて、水希はやっと自分が一人で着替えるのではないと気が付いた。

「あの、私着替えは一人で……」

「全て私どもにお任せください」

「ええーっ」

悲鳴を上げる水希をかなり強引に宥《なだ》め、ほぼ力業でメイド達が水希から服を剥《は》ぎ取る。幼児期はともかく、いい年をして人様に裸に剥《む》かれて下着から着付けされた経験などあるわけがない。

しかし水希の抵抗も虚《むな》しく、作業は迅速に進められていく。

総レースのショーツは流石に自分で履いたけれど、ロングタイプのブラジャーとシルクのストッキングはとても一人では身につけることができず、藤田の手に頼らざる得ない。

当然ドレスは数人がかりの大仕事になる。下手に動いたらチュールがほつれそうで、水希はされるままになるしかなかった。

着付けが終わると今度は美容師が入ってきて、水希のヘアメイクを始める。

（プロってすごいのね。一般人が化粧だけで、こんなに化けられるんだもの）

髪のセットと化粧が終わると、目の前の鏡に映る自分に水希は見惚れてしまう。

なんだか自分が女優にでもなったかのような錯覚を覚えるけれど、これも全て美容師の腕前のお陰だ。

「ドレスの丈を確認したいので、こちらへどうぞ」

椅子から立ちあがり、運び込まれていた姿見の前に立つ。

ふんわりと花弁のように広がったスカートはまるでお姫さまのようで、思わずくるりと回ってしまう。

「お気に召しましたか？」

「ええ……すごい、綺麗……あ、ドレスがって意味です」

肩から胸元が開ているのがちょっと恥ずかしいけれど、ドレスの美しさに目を奪われる。

（胸、もう少しあったらよかったのに）

貧相な自分の体が悲しいが、そんな愚痴を言ったところでどうしようもない。

「綺麗だよ、水希。とてもよく似合っている」

「康隆さん！」

いつの間にか部屋の端に立っていた彼が近づいて来て、水希に微笑みかけた。

「いつからいたんですか？」

「君が鏡の前で回ったところから」

子どものような振る舞いを目撃されていたと知り、水希は耳まで真っ赤になった。

「入るときはノックしてください」

「したのだけど、君だけ気が付かなかったようだね」

言われてみれば室内には藤田達がいるので、着替え中に康隆を通すわけがない。恥ずかしくて益々赤くなった頬に、康隆の手が添えられる。

「そんなに俯かないで、水希」

「分かりましたから、手を離してください」

慌てて顔を上げた水希に、先程ヘアメイクをしてくれた美容師が銀のトレイに載った小さな花束を差し出す。

よく見るとそれは花束ではなく、生花で作られた髪飾りだと分かる。ドレスの色に合わせた赤とピンクの可愛らしい花が、コームに直接止め着けてあった。

「その髪飾りから一輪、私の胸に飾る花を選んで欲しい」

お揃いにするつもりなのだと分かったけれど、それなら最初から用意しておけばいいのにと疑問に思う。

けれど拒否する理由もないので水希は藤田から花切ばさみを受け取り蕾が膨らみかけた小ぶりな花を一輪切り取る。

「これでいいですか？」

「ありがとう」

康隆は水希の手から花を受け取ると、ポケットから銀製の筒を取り出す。

「何ですか、それ？」

アイスクリームのコーンを小さくしたような金属の留め具を見て、水希は小首を傾げた。

「これは生花を枯らさないように、胸ポケットに留める道具だよ。中に水を入れて、花を生けるんだ」

確かに一輪挿しには丁度いいサイズ感ではある。

「私の家に代々伝わるものでね。当主に受け継がれる」

「素敵なお品ですね」

アンティークの知識は疎いが、そういった古い品々のデザインは好きなので大学時代は図書館で博物館の図録などを借りては模写をしていた。

「表面だけでなく、内側にも蔦《つた》や花が彫られているんだ。パーティーが終わったら、見てみるかい」

「いいんですか！　ありがとうございます」

消えかけていたデザイナー魂が刺激され、水希はつい声を張り上げてしまう。

「水希はデザインの話になると、生き生きするね」

「そんな素敵な留め具を見る機会なんて滅多にないですから。興奮しちゃって……」

「いいんだよ。そうだ、最後にこれを君に――」

美容師が水希の髪にコームを挿して、ピンで留める。水希のヘアメイクが完成すると、康隆もスーツの襟元に留め具を着けた。

そして控えていた河野に視線で合図する。

河野は手にしたジュエリーボックスを開けると、康隆がその中に収められていたネックレスを手に取った。

「動かないで」

水希の背後に移動した康隆が、ネックレスを首に着けてくれる。一瞬触れた康隆の指の感触に、ぞくりと肌が甘く震えてしまう。

（やだ、私ったら……ってこれ……！）

鏡に映るネックレスを目の当たりにした瞬間、水希は息を呑《の》んだ。

「よく似合っている」

「……あの、どうして……」

困惑するのも無理はない。

康隆が付けてくれたのは、水希がデザインしたネックレスだったからだ。

と言っても屋敷に来て、気持ちが落ちついてきてからスケッチブックになんとなく描いていたものの一つだ。

気に入ったデザインには色鉛筆で簡単に色づけしただけで、水希にしてみればお粗末な出来栄えだ。

けれどこうして形になると、まるで高級ブランドのショーウインドウに飾られる一流品のように見える。

透明なピンクの石を中心として、左右対称にダイヤが連なってる。

星空をイメージしてデザインしたが、彫金師の腕前が相当良いらしく水希の意図した以上の仕上がりだ。

「君の机に置いてあったデザインノートを、藤田が見つけたんだ。せっかく君がデザインしたのだから、形にしてみようと思ってね」

笑っている康隆からは、完全な善意しか感じられない。

けれど水希としては色々と考えてしまう。

「あの、これの代金……ちゃんとお支払いしますから」

「これは私からのプレゼントだから、水希は気にせず受け取ってほしい」

「でも」

水希が戸惑っていると、藤田がさりげなく会話に割って入る。

「そろそろ出発のお時間でございます」

「ああ。じゃあ行こうか」


豊島邸を出た車が向かったのは、意外にも都内にある閑静な住宅街だった。

パーティーと言っていたから、てっきりホテルにでも行くのかと思っていた水希は少しほっとする。

(ホームパーティーみたいね。そんなに緊張することないかも、ていうか私こんな派手なドレスだと浮くんじゃないの？)

しかし車が住宅の門に入ると、水希は一瞬でもほっとした自分が馬鹿だったと気付く。

車止めには数台の外国車が列をなしており、出迎えのドアマンに先導されて歩く人々は全員正装だ。

「……康隆さん、ここって？」

「住宅を改築したレストランだよ。キッチンとパーティールームが繋《つな》がっていて庭も広めだから、集まるのに丁度いいんだ」

確かに雰囲気だけは親しい人達の集まりではあるが、規模としてはやはりお堅いパーティーにしか思えない。

(これって、セレブの言う『ちょっとしたパーティー』ってやつかな。……全然ちょっとじゃないけど)

緊張したした面持ちで車を降りた水希に、康隆が右腕を差し出す。

こういう場ではエスコートされるのがマナーだと分かっているから、水希もそっと彼の腕に手を絡めた。

「お待ちしておりました、豊島様」

頭を下げるドアマンに軽く頷き、康隆は招待状を渡すでもなくそのまま中へと入っていく。

玄関を入り奥の広間へと通された水希は、目の前の空間に圧倒されて目を見開いた。

豊島邸も広くて驚いたけれど、こちらも一般住宅を改築しただけとは思えないほど広々としている。

二階まで吹き抜けの広間の奥には、芝生の庭が総ガラス張の壁の向こうに広がっており開放感が半端ない。

庭とは対になる壁側にはオープンキッチンがあり、数名のシェフが忙しく働いている様子が見える。

パーティー仕様なのか椅子とテーブルが適度に離された位置で置かれ、既に三十人近くの若い男女がカクテルグラスを片手に談笑していた。それだけの人数がいるにも関わらず、室内は全く狭く感じない。

「久しぶりだね、豊島君」

一人の青年が近づいて来るのが見えて、水希は緊張で立ち竦《すく》む。今更だけれど、こういった場のマナーなどさっぱり分からない。

「彼が今日の主催だ。大らかな性格だから、大丈夫。君は堂々としていればいい」

そんな水希の緊張を解すように、康隆が囁きかけてくれる。

「ご無沙汰しております、渋谷《しぶや》さん」

「そんな他人行儀に畏まるなよ。プライベートの集まりなんだから」

「一応挨拶だけは型どおりにした方がいいだろう？」

二人は気心の知れた仲なのか、和やかな空気が水希にも伝わってくる。

「それで、こちらの美しい方は？　君が女性を連れてくるなんて初めての事だから、楽しみにしていたんだ」

渋谷と呼ばれた青年が、水希に視線を向けた。康隆とそう変わりなさそうな年齢の彼は、これまた康隆に負けず劣らずの美形だ。

「私の婚約者、姫野水希さんだよ」

「初めまして。豊島さんと婚約いたしました、姫野です」

婚約したつもりはなかったけれど、この場で康隆の顔を潰すほど水希も馬鹿ではないので話を合わせる。

「本当に婚約者なのか！　おめでとう、康隆！」

大げさなリアクションだが、どうやら渋谷は本気で驚いたようだ。しげしげと水希を見つめると、いきなり両手を取って破顔する。

「俺は渋谷昌樹《まさき》。康隆とは小学校以来の大親友さ。こんな堅物と結婚してくれるなんて、なんて素晴らしい人だ。困ったことがあったら、なんでも俺に相談してくれ。康隆の秘密でも弱点でも、何でも教えるから！」

捲《まく》し立てる渋谷にどうしたらいいのか分からず康隆をちらと見る。こういった場面は慣れているのか、康隆は苦笑するばかりだ。しかし渋谷が水希の手を握って離さないので、さりげなく肩を抱いて引き離してくれる。

「少々やりすぎだぞ、昌樹」

「ああ、すまん。つい嬉しくて」

騒ぎに気付いて、次第に三人の周りに人が集まり出す。

康隆の言ったとおり集った人々の年齢層は三十代前後で、和やかな雰囲気が親しい間柄の集まりだと教えてくれる。

「豊島君の婚約者だそうだ。清楚なお嬢さんじゃないか」

「君が誰を選ぶのか、みんな気にしていたんだぞ」

「こんど私のお茶会にもいらしてね」

次々に名乗られ挨拶を交わすけれど、とても覚えていられない。

頭を下げるのが精一杯で、気の利いた会話もできない水希にも皆優しくて好意的であるのは有り難い。

「あの派手な気の強いお嬢さんより、姫野さんの方がずっと婚約者として相応しい」

誰かの言葉に、水希は小首を傾げた。

(気の強いお嬢さん?)

言葉に引っかかりを覚えたけれど、この場で聞くわけにもいかない。

「豊島君、ちょっといいかな」

「すまない、少し外すけど……」

おそらく仕事の話だろうと察した水希は、康隆に頷いてみせる。

「私の事は気にしないでください。お食事しながら待ってますから」

早々に一人にしてしまうことに申し訳なさそうな康隆に対して、大丈夫だと水希は笑顔を見せる。

実際、先程から水希はカウンターキッチンの前にずらりと並べられた料理に目を奪われていた。

（基本的に庶民なのよね。それに知り合いもいないし。大人しくしてよう）

康隆のエスコートもなしにセレブ達の輪に入っていける度胸などない。だったら折角美味しそうな料理もあるのだし、自分なりに楽しもうと考えたのだ。早速水希は康隆と離れて、キッチンの前に足を運ぶ。

料理はビュッフェ形式で、一部は注文してから作ってくれるのだとウエイターが丁寧に説明してくれる。

（ローストビーフに、魚のパイ。デザートも美味しそう……？）

取り皿に乗せる料理を選んでいた水希は、視線を感じて振り返った。

（気のせい？）

気を取り直して料理に視線を戻すけど、何だか妙に落ち着かない。

今度は振り返らないようにさりげなく斜め後ろを伺うと、若い女性達がチラチラと水希を見ているると気が付いた。

なんだか気まずいけれど、誰も話しかけてはこない。だからといって水希から声をかけるのも違う気がする。

ちらと康隆の様子を窺《うかが》うと彼は年配の男性と話し込んでおり、その場から離れられない様子だ。

「ここのケーキ、食べないと損よ」

背後から突然親しげに声をかけた来た女性に、水希はびっくりして固まってしまう。

「どの料理も美味しいのよ。なのにみんな気取っちゃって、全然手を付けないんだから。勿体ないと思わない？」

振り返るとそこには、笑顔が可愛らしい女性が水希を興味深げに見つめていた。すらっとした長身で、スタイルを引き立てるマーメードタイプのドレスを纏っている。長い髪を掻《か》き上げて笑う姿は気品が溢れ同性の水希でも見惚れる程の美貌だ。

（この人どこかで見た気がする。そうだ、学園祭のミスコンで在学中ずっと一位キープしてた渋谷さんだ！）

同じ大学に通っていたなら、知らない学生はいないと言われるほどの有名人だった渋谷真結《まゆ》だ。

実家は豊島家と同じくらいの大企業で、母方の曾お祖母《ひいばあ》さんは元華族という生粋のお嬢様という情報は耳にしていた。

学年と学部は同じだったけれど、渋谷は正真正銘セレブなので取り巻きも多く、話した事などなかった。

「こっちのパイと、新作のパフェとケーキを全部テーブルに持って来て。彼女の分もね」

「畏まりました」

渋谷は慣れているのか近くのウエイターに声をかけ、歓談する人々の視線から水希を守るように離れた席に座る。

「ここなら落ちついて食事できるわよ。パーティーは初めて？」

「はい」

彼女に促され、水希も椅子に腰を下ろす。

やはりどれだけ着飾っても、本物のセレブには水希が部外者だとすぐに分かったようだ。

「あなた、何処かで見たことがあるのよね。……そうだ、美大でデザインやってなかった？」

「え、ええ」

「あなたのデザインしたジュエリー作品好きだったの。学園祭の模擬店で出したでしょ？」

矢継ぎ早に質問をされ、水希はぽかんとしながらも頷く。渋谷の言うとおり、水希は卒業制作で彫金をやってた友人と組み、ブローチを始め、何種類かのジュエリーを作ったのだ。

作品は学祭で展示され、それが実質的な卒業制作となるのでかなり気合いは入れた。しかしお金に余裕のない学生の作るジュエリーは、当たり前だがイミテーション品だ。

土台となる銀粘土を買うのも精一杯で、宝石は人工宝石どころかガラスも使えずプラスチックでまかなった。

実家の太い同級生が多かった事もあり、水希と友人の作った作品は見劣りした。切り詰めた生活をする学生に理解のなかった担当教授からは、『輝きもないし、デザインもありふれてる』なんて嫌味を言われたのであまりいい思い出がない。

「私、ブレスレットと指輪買ったのよ。あなた名前は、ええと……ごめんなさい」

「姫野水希です。首席卒業した渋谷さんに、作品を覚えてもらっただけで光栄です」

「やだー、そんな畏まらないでよ。私は渋谷真結。真結でいいわ。――あ、来たきた。食べながら話しましょ」

運ばれた来た数々のスイーツに目を輝かせ、真結がパフェのジェラートをスプーンですくい口に運ぶ。

とても幸せそうに食べる姿に、水希もつられてプチケーキを一つ食べる。

「美味しいです！」

「でしょ？　ところで失礼な事聞いちゃうけど、水希さんはどうしてここに？」

ふと声を潜め問いかけてくる真結に、水希は一瞬言葉に詰まる。

けれど真結が疑問に思うのはもっともだと思い直し、これまでの経緯を簡単に説明することにした。

「……実は事情がありまして——」

とはいえ流石に『康隆と会ったその日に、一線を越えた』事は流石に言えない。適当にその辺りはぼかしつつ、水希は会社を解雇された日に『許嫁』を探しに来た康隆と出会い、今は彼の屋敷で世話になっていると説明する。

「じゃああなた、豊島君の許嫁なのっ？」

「康隆さんが言うには、そうらしいんですけど……まだ現実味がなくて」

自分の中でどう受け止めれば良いのか迷っていると正直に話す水希に、真結は真剣な顔でうーんと唸る。

「そのネックレス見たときから、誰かの婚約者として連れて来られたんだろうなって思ってたけど……そっか、豊島君だったか」

「このネックレスが、どうかしたんですか？」

「見たことないデザインだから、フルオーダーでしょ？　石もピンクダイヤとホワイトサファイヤの組み合わせだし。遊び相手にプレゼントするなんて考えられないから」

「……すみません。私何も知らなくて……これ、高いんですか？」

「億まではいかないけど、まあ……そこそこ。つまりそれだけ、豊島君としては真剣だって事よ」

さらりととんでもない事実を告げられ、水希は息を呑む。それなりの値段はすると思ってはいたが、予想を遙かに超える金額に頭が痛くなった。

「……あの、私もお聞きしたいことがあるんですけど」

「なに？」

「このパーティーって、なんの集まりなんですか？」

「あの男、説明もしないで連れてきたのね。呆れた」

「すみません」

「水希さんが謝る事じゃないわ。……今日は、うちと関わりのある企業やお得意様の親睦《しんぼく》会ってとこ。兄さんが主催だから若手ばっかりだし。そんな堅苦しいものじゃないんだけど。招待客は選ばせてもらってるから、心配しないで」

彼女の言う『兄さん』とは、会場で出迎えてくれた昌樹の事だ。

多少は仕事関連の話もするのだろうと思っていたが、水希としては康隆の内輪のパーティーという言葉を信じてしまっていた。

なのでいくら真結が堅苦しくないと言っても、つまるところ会議などの場で決められない内密の打ち合わせや取引をする場であるのは察せられた。

「豊島君は独身だから、これまでもさりげなく年頃のお嬢さんと引き合わされたりして大変だったのよ。だから婚約者である水希さんを連れてきて牽制《けんせい》するつもりだったみたいだけど。……いきなりこんな所に連れて来られたら困るわよね」

「でも私、まだ康隆さんから正式に紹介してもらったのは、真結さんのお兄様と今歓談されてる方くらいなんです」

真結の話が正しいなら、まずはパーティーに集った全員に紹介するだろう。しかし真結は苦笑して首を横に振る。

「そういうことは豊島家主催の正式なパーティーですることなのよ。今日のは親しい人達だけに、水希を紹介するの。根回しって言えば分かりやすいかな。面倒くさい世界なのよ」

「……そうなんですね」

説明を聞いても、気の抜けた返事しか返せない。そもそもセレブの作法など水希は全く無縁の生活を送ってきたのだ。

「けどその根回しも、私がご挨拶に回らないと分かってもらえないですよね」

しごくまっとうな疑問を口にすると、真結が肩をすくめる。

「康隆の胸に、銀でできた花留めがあったでしょ？　あれを見れば、みんな分かるから」

「？」

「確か康隆の曾お祖母様がイギリス貴族なのよ。留学した曾お爺さまが一目惚れして、大恋愛の末に結婚したんですって。康隆が付けてる花留めは、その曾お祖母様が、お嫁入りの際持ってこられたそうなの」

「詳しいんですね」

「そりゃ子どもの頃から、『運命の人に再会できたら、これに花を生けてもらってパーティーに出るんだ』って耳にたこができるほど聞かされたもの」

「じゃああれって、婚約者ができた証とか言う意味があるんですか？」

小首を傾げる水希に、真結が苦笑しつつ説明してくれる。

「昔の貴族のご令嬢はダンスパーティーで男性に踊りを申し込まれると、気に入ったお相手にだけ髪飾りの花をお渡ししたんですって」

つまり女性側からすると、「自分はこの相手とだけ踊りたい」という意思表示になるらしい。そして、踊った相手とは必然的に恋仲になり、余程の身分差がなければ結婚に至ったのだと真結が続ける。

（じゃあ、あの時私に花を選ばせたのって……）

「昔の話だから、気にしないで。今は時代も違うんだから、水希さんが拒否すれば無理に結婚する必要もないんだし」

顔が赤くなる水希を見て、真結が微笑む。

「その様子だと、無理矢理《むりやり》許嫁にされたって訳でもなさそうね」

「いえ、私はまだ許嫁だって承諾したわけじゃ」

慌てて否定するけれど、真結は楽しげに笑うばかりで取りあってくれない。

その時、タイミング良く康隆が挨拶を終えて水希の元へ戻ってくる。

「遅くなってすまなかった、水希さん。真結さん……？　どうして君が一緒にいるんだい」

「ちょっとお喋りしてただけよ。そんなに睨《にら》まなくてもいいじゃない。それに、あなたの代わりに水希さんを男どもから守ってあげてたんだから、感謝くらいしなさいよ」

ちらと真結が視線を広間の方に向ける。つられて見れば、興味深げに自分を観察している男性陣達と視線が合わさる。

「さっさと正式にお披露目《ひろめ》しちゃいなさいよ」

「ああ、そうするよ。このお礼は後日改めてさせてもらうから」

「相変わらず真面目ね。そんなんじゃ、水希さんも気疲れしちゃうわよ。そうだ水希さん、連絡先教えて。人間関係とか、派閥とか色々教えてあげるから」

ハンドバッグからスマートフォンを出した真結に、康隆が不満げに眉を顰《しか》める。

「彼女のことは私が……」

「そういう独占欲って、怖がられるだけよ。第一、女子グループへの根回しは豊島君じゃ難しいでしょ？」

きっぱりと言い切る真結に康隆も思うところがあるのか、それ以上は口出しをしない。水希は真結に急かされるまま、自分もスマホを出して彼女とＳＮＳの交換をする。

「少しは水希さんのこと信じて、好きなようにさせてあげなきゃ。それと、いきなりパーティーはハードル高いわよ。婚約のお披露目なら、きちんと豊島家の名前で差配したパーティーを開かないと。後々あれこれ言われるのは、水希さんなんだから」

黙る康隆を真結がじっと見つめる。

そして小さくため息をついた。

「あー、急ぎなのね。でも焦りすぎは良くないわよ」

「申し訳ない」

何のことだかさっぱり分からないが、幼なじみの二人の間では会話は成り立っているようだ。

和やかに歓談する二人はお似合いのカップルにしか見えない。

(やっぱり私、場違いよね)

綺麗なドレスと宝飾品を身につけているけど、それだけでしかない。この場で浮いている自覚はあるから、さりげなく水希は席を立って二人から離れる。

「ごめんなさい」

どん、という衝撃と共にすれ違いざま誰かが水希の肩にぶつかった。

反射的に水希が謝ると、耳を疑う暴言が返される。

「場違いなのよ。貧乏人」

こそりと、でもはっきりと聞こえた悪意の籠る声に、背筋が冷たくなる。

相手の顔を確認しようと振り返ろうとした水希だが、腰の辺りから冷たい感触が広がり視線を下に向けた。

ふわりと広がっていたピンク色のスカートには大量のシャンパンが染み込み、片側は脚に張り付くほどにベタベタになっていたのだ。

「えっ?」

「水希！」

「水希さん？　やだ、濡れてるじゃない。誰がこんなこと」

異変を察して康隆と真結が水希の傍へ来てくれる。二人とも水希のスカートから滴るシャンパンに気付いて、目配せをし合う。

「いますれ違った人とぶつかっちゃって、その時にシャンパンがかかったのかも」

「それにしたって、これは酷いわよ。その人の特徴覚えてる？　着ていた服とか――」

突然の事だったたし、何より相手から向けられた悪意が怖くて咄嗟に動けなかった。

「特徴は……覚えてないです。顔もよく見えなくて」

赤いカクテルドレスと明るい茶色の髪だったことは記憶しているけど、似たような女性は多くて特定は難しい。

スカートが水希の腰の辺りから張り付いてるので、体のラインを隠すように康隆が上着をかけてくれる。

「申し訳ないが、今日はこれで失礼するよ」

「そうね。豊島君は水希さん連れて帰った方がいいわ。兄さんには私から説明しておくから気にしないで。ただでさえ水希さん、こういう場所に慣れてないんだからフォローちゃんとしてあげてよ」

「ああ」

「次はもっと楽しいパーティーに招待するわ。こんな馬鹿な事する人達ばかりじゃないから」

立ち竦んでいる水希に真結が微笑む。気遣わせてしまった申し訳なさに俯くと、康隆が水希の肩を抱いて歩き出す。

「康隆さん。私ご挨拶がまだ……」

「いいんだよ。真結さんのご厚意に甘えよう。それに長居するのは、渋谷家にもよくない」

トラブルがあったと噂が広がれば、主催の渋谷家も非難されかねない。それは水希も望んでいないので、場慣れしている康隆の言葉に従う。

「豊島様、渋谷様から車を裏手に回すよう指示がありましたので。こちらからどうぞ」

「助かる」

オーナーが近づいて来て、さりげなく二人を従業員用の出入り口へと案内する。トラブルにもスマートに対応する辺り、セレブの世界も色々あるのだろう。

「昌樹は事情を把握したようだ。君のドレスを台無しにした人物も特定できるだろう」

肩越しに振り返ると、昌樹が二人に向かって軽く頷くのが見える。

裏手から出ると既に乗ってきた車がドアの前に横付けにされていて、水希は康隆と共に後部座席へと乗り込む。

「お屋敷に近いホテルに連絡を入れておきました。部屋はすぐに使えるよう整えてあるそうです」

車が走り出すと、運転手が穏やかな声で報告をする。

「ホテルって？」

「折角パーティーに来たんだから、嫌な思い出ばかりで帰してしまうのは不本意だからね」

寛げるように部屋を用意したからと続ける康隆に、水希は返答に困る。

先日の一泊旅行で散々リラックスさせてもらったばかりで、また贅沢をさせてもらえるなんて申し訳なさ過ぎる。

ぐるぐると考えているうちに、車は外資系の高級ホテルの駐車場へと入った。既に支配人が待っていて、二人を案内して歩き出す。

「お待ちしておりました豊島様。お部屋はスイートでよろしかったでしょうか？」

「急な連絡に対応してくれて助かったよ。後でうちの執事から連絡がいくと思うから、彼の言うとおりに手配を頼む」

「畏まりました」

どこに行ってもあうんの呼吸で話が進むのを見ていると、どうしたって康隆と自分は住む世界が違うのだと突きつけられる。

ドレスにシャンパンをかけて逃げた人物も、あからさまに水希に対して悪意と蔑みを向けていたと思い出す。

（貧乏人……そうよね。事実だわ）

実家は裕福ではないが、生活に不自由したことはない。

大学は奨学金の申し込みをして通っていたが今時ならば普通のことだし、返済計画も無理のない範囲で進めていた。

けれど今日のパーティーを目の当たりにして、水希は康隆ただ一人が特別なセレブなわけではないと身に染みていた。

康隆の隣にいて釣り合うのは、それこそ真結のような同じ階層のセレブだろう。

（あんなきらびやかな世界に、私は相応しくない）

向けられた悪意の言葉を思い返して表情が暗くなる。

「――水希？」

部屋に入り二人きりになってもどこか上の空でいた水希に康隆が不安げに呼びかけた。

「え、あ。ごめんなさい。考え事してて」

「本当に申し訳なかった」

「康隆さん？」

深々と頭を下げられ、水希は焦る。

彼は何もしていないし、むしろ自分がトラブルの原因になってしまったのだから謝るべきは自分だろう。

「私の方こそ、よそ見してて……折角のドレスも汚しちゃって。それにまだ、康隆さんと話したい人はいたんじゃないですか？　あ、私なら大丈夫ですから。今から康隆さんだけでも会場に戻った方が……」

「君がいなければ意味がない」

言い切る康隆に、水希は真結の言葉を思い出す。

「そうですよね。私を紹介するために連れて行ったんだから……真結さんもそんなようなこと言ってましたし」

「真結さんが何を言ったのか知らないが、私は君にパーティーを楽しんでもらうつもりで誘ったんだ。勿論、友人達に許嫁として紹介する事は前提だが、決してそれだけじゃない」

必死に説明する康隆に、水希は小首を傾げる。

「確か渋谷さんとは、昔からのご友人なんですよね？　もしかして、その妹の真結さんとも以前は特別に親しい仲だったとか……？」

彼女は「派手な気の強いお嬢さん」ではないけれど、パーティー会場で引っかかりを覚えた言葉のせいで気になっていた事を口にすると、康隆は額に手を当てて首を横に振る。

「真結さんとは幼なじみなだけだよ。昌樹と私は同い年で、幼稚舎から同じ学校に通っていたこともあって家族ぐるみで交流があるんだ。だから彼女の事は妹のようなものでね。真結さんは今でも私に実兄と同じような対応をするんだ」

どうりで話し方がフランクだったと、水希は納得した。と、同時に、自分でも意識しないうちに、嫉妬めいた感情が生まれかけていたと気付いて恥ずかしくなる。

「不安にさせたかな」

「あ、いえ。不安とかそんな事はなくて。ただ気になっただけです」

「君を不安にさせたくない。だから気になる事があれば、些細な事でも全て話してほしい」

肩にかけていた上着をハンガーにかけ、康隆が扉近くのクローゼットにしまう。

「それにしても、随分と失礼な客がいたものだ。謝罪もせずに立ち去るなんて」

「……」

シャンパンをかけられただけでなく、酷い言葉を投げつけられたと水希は言い出せない。言えばきっと康隆は憤慨《ふんがい》し、パーティーの主催者である真結の兄が更に困る事態になるのではと考える。

「ドレスは脱いだ方がいい」

「えっ」

「濡れた服を着たままだと不快だろう？」

「そ、そうですね」

言われて水希は今更ながらに自分の恰好《かっこう》を思い出す。少し乾いたドレスからはアルコールの香りが漂い、滴るシャンパンが足首まで濡らしている。

慌てて脱ごうとするけれど、背中側にボタンが幾つも着いているのでなかなか外すことができない。

すると当然のように康隆の指がボタンを外していく。状況が状況なので水希は大人しくするままになる。

（なんだか、あの夜と似てる）

初めて康隆と出会った夜も、流されるようにして抱かれてしまった。今まさに同じ事が起こりつつある。

でも不思議と嫌だとは思わない。

ボタンが外れると、ドレスが床に落ちる。

真っ白いビスチェとショーツ、ガーターストッキングというある意味裸より恥ずかしい姿になった水希は、康隆に背中を向けたまま声をかける。

「明日の着替え、どうしたらいいでしょうか」

「君の服は新しいものを持ってこさせるよ」

既に水希の服は明日の朝、藤田に届けるように連絡済みだと康隆が続ける。ここまでお膳立てさせているのだから、先日の旅行のようにはぐらかすつもりはないのだろう。

今日は抱かれるのだと察した水希は、気持ちを落ち着けようとして深呼吸をする。

けれど康隆はクローゼットからバスローブを出すと、水希の肩にそっとかけた。

「康隆さん？」

「私は隣の部屋で眠るから。君もシャワーを浴びて、ゆっくり休んで」

離れようとする気配に、水希は咄嗟に振り返って彼の手を掴んだ。じっと見つめると、康隆もまた水希を見つめ返してくれる。その瞳には明らかに雄の欲が揺れているのに、彼はいたって冷静だ。

「……私って、魅力ないですか？」

「そんなことはない」

安心させるように微笑む康隆を前に、何故か涙がこみ上げてくる。

「じゃあ、ビッチだから……？」

女性としてのプライドを傷つけられたとか、そういった感情ではない。

悔しいとか、怒りでもなく、ただひたすらに悲しくなってくる。康隆の対応が冷静であればあるほど、水希の気持ちは乱れていく。

「ビッチ？」

「だって……私が初めてだったたって、絶対信じてないですよね。だから婚約者として失格だって思ったから、何もしないんでしょう？」

「待ってくれ水希。飛躍しすぎだ」

「気になったら些細な事でも話してほしいって言ったの、康隆さんじゃないですか！」

堪えきれず涙が零れる。自分がこんなにも感情的になるなんて、水希は初めて知った。けれど一度溢《あふ》れ出した感情は、どうにも止められない。

「君を不安にさせてすまなかった」

「簡単に康隆さんと……しちゃうなんて、この間が初めてだったんです！　男の人と二人きりでお酒飲むのもホテルで二人きりになるのも全部ですよ！」

呆れているのか何なのか、康隆は何も言わず水希の言葉に耳を傾けている。

「恋愛だってまともにしたことないんで！　なのにいきなり、イケメンから許嫁とか言われたらどうしていいか分からなくなるじゃないですか！」

「……イケメンとは、私のことでいいのかな？」

「康隆さん以外に誰がいるんですか！」

溢れる涙をバスローブの袖で拭い、ぽかんとしている康隆を睨《にら》み付ける。

「康隆さんはお互いを知ろうって言ってくれたけど、あれから全然話したりなんてできてないし。豊島の家にお世話になってから、私優しくされるばっかりで……服とかご飯とか、住むところまで全部用意してもらって——」

「うん」

「康隆さん優しくて、あの夜からずっと康隆さんのこと考えてたら、好きになっちゃったじゃないですか！　こんなんじゃ私、お金目当てのビッチだって思われても仕方ないから。自分が嫌で……仕方なくて」

涙でぐしゃぐしゃになった顔を両手で覆うと、康隆が水希の身体を引き寄せ抱きしめた。ぽんぽんとなだめるように背中を軽く叩かれ、そのリズムに合わせて乱れた呼吸を整える。

「っ……ごめんなさい、私……滅茶苦茶《めちゃくちゃ》なこと言ってる……っ」

「大丈夫だから。君が言いたいことは伝わったよ」

「やっぱり全然駄目です。もっと恋愛慣れしてれば良かった」

ワンナイトくらい軽くできるような魅力的な女性だったら、こんなにも自分を卑下したり、ちょっと相手にされなかっただけで泣きわめいたりしなかったはずだ。情緒不安定にも程があると、水希は反省する。

「……重たい女になりたくないのに……」

「水希。とりあえずお風呂に入ろうか？　身体が冷えると、嫌な事ばかり考えてしまうからね。それと私は、水希が私にだけ重たい女になってくれるのは大歓迎だよ」

「康隆さん、いまさらっとすごいこと言いました？」

聞き違いかと思わず問えば、紳士の微笑みで誤魔化されてしまう。そして水希は更に誤魔化されたまま、康隆に抱き上げられてバスルームに入った。


「スイートルームのお風呂って、ジェットバス付きなんですね」

「ホテルにもよるかな。最近はサウナが併設されていたりするらしいよ」

「へー」

気の抜けた返事をしつつ、水希は広い湯船に肩まで浸かる。現実逃避じみた会話でもしていないと、この気まずい時間に耐えられない。

（まさか康隆さんと一緒に入るなんて……）

結局水希は、バスダブに湯が溜まる間に髪と身体を康隆に洗ってもらう羽目になった。『婚約者だから』という謎の理由を振りかざし、康隆は水希の身体を丁寧に磨き上げてくれたのである。

不埒《ふらち》な事は一際せず、エステティシャン顔負けの手つきで洗ってもらうのは、正直気分が良かった。

そして今、水希は康隆と向き合って湯船に浸かっていた。

「落ちついた？」

「……分かりません。というか、この状況で落ち着ける方がどうかしてると思います」

真っ赤になった顔を半分ほど湯船に浸ける。

「水希は可愛いね」

「どういう意味ですか」

「そのままの意味だよ」

一人上機嫌になっている康隆を睨んでみても、彼は楽しげに微笑んでいる。

ホテルは外資系だが、日本人のニーズに合わせたのかバスタブはそれなりに深さがあるのは有り難い。

けど、裸で触れ合っていることには変わりないし顔は見える。下半身からは必死に視線を逸らしても、がっしりとした上半身は丸見えだ。

それはつまり水希の側も康隆に見られているという事になる。

痩せ型と言えば聞こえはいいが、胸は平均より貧相だと自覚がある。ドレスを着ていたときはビスチェの補正で盛っていたけれど、風呂の中では隠しようがない。

「康隆さん、前から思ってましたけど。慣れてますよね」

「まあそれなりに、経験はあるからね。婚約者がこういう事に慣れているのは嫌？」

「そこまで心狭《こころせま》くないです」

むしろ何もないと言われる方が信じられない。

「私は水希が恋愛に慣れてないって言ってくれて、嬉しいと思ってる」

思わず逸らしていた視線を彼に向けると、酷く真面目に康隆が続ける。

「水希は私を随分と買いかぶっているようだから訂正するよ。『豊島物産の跡取り』なんていう肩書きはあっても、君の前ではただの男で俗物なんだ」

伸ばされてきた手が二の腕に触れる。

擽るような動きに、水希はびくりと身を竦ませた。もっと側に来るようにと誘われているのはなんとなく分かるけど、身体が動かない。

するとあっさり康隆は手を引いた。

「恋愛経験は、ゼロ。かな」

決して意地悪でも嗤《わら》うつもりでもなく、純粋な指摘と分かるから水希は頷いた。

「私……あの夜のこと、実はよく覚えてなくて……」

初めてのセックスなのに肝心な時の記憶がないと打ち明けると、康隆は特に驚きもしない。

それどころか、逆に水希がびっくりするような事実を告げたのだ。

「やっぱりね」

「え？　どういう意味ですか」

「君はまだ、セックスを経験していないんだ」

「ええっ？」

てっきり初体験を済ませたと思い込んでいた水希は、康隆の告白に絶句する。

「君は愛撫している途中で、気絶するみたいに寝てしまったんだよ」

「私、寝ちゃったんですか？」

「余程疲れていたんだろう。そりゃもう、見事な眠り姫になってしまった。流石に熟睡している女性に性的な行為はしたくないからね」

苦笑する康隆に、水希は無性に恥ずかしくなる。

「無理をさせたって言われたから、てっきり……」

「感じてはいたようだから、何度かイかせれば眠気も消えるかと思って。――強引に抱こうとしたんだ。呆れただろう？」

そういう意味での『無理』だったと知り驚くけれど、それ以上に康隆が強引な手段に出ようとしていたことも驚愕《きょうがく》する。

「康隆さんがそんな事考えてたなんて、信じられません」

必死に記憶を手繰るけれど、やはり肝心な部分で記憶はふつりと途絶えている。心身が疲弊した状態でお酒も入り、何より康隆に優しくされたことで完全に気が抜けた。

「あの時はただ……触ってもらえるのが気持ちよくて、頭がふわふわして……」

恥ずかしかったけれど、その先の記憶はやはりない。

「君が眠ってしまったら、無防備な君を抱くなんてできなくて。そのまま君と一緒に眠った」

水希は真っ赤になり、火照った顔を両手で隠す。

（恥ずかしいっ）

彼を受け入れたかどうかも判断がつかず、一線を越えたと思い込んでいた自分が途端に恥ずかしくなる。

「旅行先で君を抱かなかったのは、その……水希との関係が、一方的なものになってしまいそうで怖かった」

康隆からすれば、一度抱かれたと思い込んでいる水希を抱くのは簡単だっただろう。けれどそうしなかったのは、彼の優しさ故だ。

「ありがとうございます。でも私は……康隆さんからそんな大切に思ってもらえるほど価値があるとは思えません」

祖父の決めた許嫁だとしても、とても康隆と自分は釣り合わない。その気持ちは今でも心にずしりとのし掛かっている。

「康隆さんのことは、素敵だなって思ってます。でも……お付き合いした時間もないのに、こんな簡単に好きになった自分の気持ちに自信も持てなくて」

心の奥底では『彼の資産に惹かれているのかも』とか、『顔が好みだから』なんて即物的な感情を恋心だと錯覚しているのかもしれないと水希は考えてしまう。

「だからその、康隆さんに対して不誠実なんじゃないかって……」

「水希は真面目なんだね」

再び手が伸ばされて、水希の頬に優しく触れる。

「恋に落ちる瞬間なんて、人それぞれだと思うけど？」

「格好いいってずるいです。何を言っても、様になるんだもの」

「私は水希の心にだけ響けばそれでいい」

「だからそれが……」

今度は身体ごと康隆が近づいて、水希に逃げる隙を与えず唇を奪った。お湯の中で肌が触れ合い、彼のたくましさを直に感じる。

「――もう気持ちを抑えられそうもない」

頭がぼんやりするのはのぼせているのか、それともキスのせいなのかも判断がつかない。

返事を躊躇《ためら》う水希を抱えるようにして、康隆がバスルームを出る。

バスローブを着せるだけでなく、髪も乾かしてもらう間も、水希はただぼんやりと彼のするままになっていた。

(これから、私……本当に抱かれるのね)

抱き上げられて、ベッドへと運ばれる。シーツの上に下ろされ水希は外から差し込む光に照らされた康隆を見上げた。

欲望を露《あら》わにする瞳に見つめられてドキリとする。

「すまない、水希」

ゆっくりと唇が重なり舌が口内へと入り込む。これまで隠していた彼の欲望が垣間《かいま》見《み》えるように激しい口づけに、水希は身悶えた。

「ん……っ」

吐息さえも奪うように、康隆は水希の唇を吸い上げる。

口内に入り込んだ舌は、水希の舌を絡め取り嬲《なぶ》るように舐める。

優しいだけの康隆しか知らない水希は、彼にこんな激しい雄の欲望があったなんて考えたこともなかった。

「んっ、ぁ」

口づけの間も康隆は水希の胸をそっと包むように揉みしだき、乳首を指先でつつき捏《こ》ねる。

「前も思ったけれど、水希は感じやすいね」

「え……」

「恥ずかしがることじゃないよ。私は水希が感じてくれて嬉しいし、これからもっと君を感じさせたいと思っている」

堂々と恥ずかしい事を宣言されて、どう答えていいのか分からない。

唇だけでなく、耳朶《じだ》や首筋、鎖骨から脇腹をゆっくりと唇が滑り降りていく。

「やんっ、ぁ」

太股に康隆の唇が触れて、水希は身を捩った。記憶は朧気だけど、強い快感を与えられたことは覚えている。

またあんな事をされたらどうなってしまうのか。不安と淫らな期待がごちゃ混ぜになり、水希は両手で顔を覆う。

「大丈夫、楽にしてて」

吐息が秘所にかかり、脚を閉じようとした。

けれど既に康隆の身体が阻むように脚の間に入り込んでいる上に、両腕で太股を固定されてしまっている。

「あぁっ」

舌先で軽くクリトリスを転がされ、恥ずかしい悲鳴が口から零れた。

「っや、め……やんっ」

拒絶の言葉を康隆が聞き入れるはずもなく、敏感な部分への愛撫が続けられる。花芯をあやすように舐めて吸い上げると、今度は会陰の襞を丁寧に舌で擦る。

「声を聞かせて」

「だめ、そんなとこ……汚い」

「綺麗だよ。水希。君の全てを暴きたい」

指で優しく周囲の皮膚を広げ、敏感な突起を剥《む》き出しにする。

蜜壺の入り口からクリトリスまでをゆっくりと舐め上げられ、水希は甘い悲鳴を上げて背を逸らした。

「あっ、ぁ」

まるで口づけをするように、康隆は敏感な突起を吸い上げ何度も舌を這わせる。

自分の指でするよりもずっと刺激が強くて感じてしまう。

「だめっ……だめなの……」

クリトリスを執拗に責められ、痺れるような快感が絶え間なく水希を襲う。

記憶している愛撫よりずっと濃厚な刺激に、水希はひとたまりもなく陥落した。

「……ぁ、ふ……康隆、さんっ」

「気持ちいい？」

「……ん……だから、もう……」

こくこくと頷くと、康隆は愛撫を止めるどころか溢れる蜜を吸い上げる。そして敏感になっている穴の中へと、舌を入れたのだ。

「だめっ」

舐められているだけでも恥ずかしいのに、更に秘めた場所を舌で弄られ水希は泣きそうになる。

「痛い？」

「違います……でも……恥ずかしい、から」

「恥ずかしくないよ。水希のここは可愛いし、もっと愛したい」

そして舌で会陰を丁寧になぞりつつ、康隆の指が蜜壺に侵入してくる。

クリトリスを吸われながら、内部の浅いところを指の腹で撫でられ水希は身悶える。止めてほしくて康隆の頭を押しのけようとしていた手は、いつの間にか彼の髪を撫でるように動いていた。

「あ、っ。だめ……そこ、吸っちゃ……いやあっ」

指と舌で愛撫され、強い刺激に水希の下腹部が震える。

「は、ぅっ」

入り込んだ指が、臍《へそ》側にあるざらついた場所を擦る。緩急を付けて抜き差しされる度、焦れったい熱が腹の奥に蓄積されていく。

ビクビクと腰が跳ね、水希は軽く達した。

「やっぱり水希は、中も感じやすいみたいだね」

指が抜かれると、愛液が太股を伝ってシーツに滴《したた》る。

「ごめん水希。もっと君をリラックスさせてから挿れたかったのだけど、我慢できない」

上体を起こした康隆を見れば、彼の性器は硬く張り詰めていた。

両脚の膝裏を彼の手が掴んで持ち上げる。無防備に広げられた秘所に雄が擦り付けられ、ぞくりと腰が震えてしまう。

「このまま、するよ。責任はとるから」

きっと水希が避妊を望めば、康隆は応じてくれるだろう。

けれど水希は康隆を見上げ頷く。

「ありがとう。優しくする」

「……ぁ……あぁっ」

先端が押し当てられると、水希の潤ったソコは雄を飲み込んでいく。

(怖い……でも、康隆さんを満足させないと……)

そう焦ると胸の奥が苦しくなり、水希は怯えを隠すようにぎゅっと目蓋を閉じる。

「水希？」

「平気、です。だから好きに使ってください」

「使うなんてできないよ」

康隆が水希の腰を持ち上げ、抱きしめる。

「呼吸は普通にしてて。意識して力を抜こうとしなくていいから」

「あの、私どうしたら……」

「焦らないでいい。私が全てリードする。腰、もう少しだけ上げるね」

宥めるようなキスに流され、水希は康隆の指示に従う。

「うん。上手。水希、痛みは？」

「ない、です」

処女だし、あんな大きなものが入るわけないと思っていたのに、水希の膣は雄を根元まで受け入れていた。

「水希の中、すごい締め付けてくる」

「っあ、私……その、本当に……初めてで……」

「中の反応で分かるよ。そもそも相性が良くないと、こんなに奥まで入らない」

そっと腰が動き、膣内を刺激する。指や舌とは全く違う刺激に、水希は声も出せず仰《の》け反《ぞ》った。

「まだ一番奥を責めてないのに、こんなに感じてくれるなんて。嬉しいよ水希」

「や、やだぁ……」

「どうして。やっぱり痛い？」

不安げな康隆に、何故か罪悪感を覚えてしまう。

「い、痛くないです。その……気持ちよすぎて……初めてなのに、こういうのって……淫乱《いんらん》？て言うんですよね？」

「どして水希は、自分を貶《おとし》めるようなことばかり言うのかな？　私は感じてくれて嬉しいよ。それに、水希が淫乱だって言うなら、そういう風にした私に責任があるね」

「そんな、康隆さんは何も悪くないです……っ、ん」

片側の脚を持ち上げられ、より結合が深くなる。

「熱くて絡みついてきて、気持ちいいよ」

初めて受け入れた雄を食い締め痙攣する自分の身体が信じられない。恥ずかしくて堪《たま》らないのに、腰が康隆を求めて動いてしまう。

「もっと奥も大丈夫そうだね」

「あぅっ……ぁっ。ひ……っ」

コツコツと子宮口をノックするように亀頭で小突かれ、水希は喉を逸らす。初めて知る甘すぎる刺激に、頭の中が真っ白に染まっていく。

繋がった場所は性器が擦れ合うたびに卑猥《ひわい》な水音を響かせる。シーツを掴んで快感を堪えていた水希だが、その手を取られ康隆の背へ廻《まわ》すよう促される。

逞しい背に縋《すが》ると、掌に彼の汗を感じる。

(康隆さんも、感じてるんだ……)

自分の体の中で固さを増していく雄と、汗ばむ肌、荒い呼吸に水希も嬉しくなる。康隆が自分に興奮してくれていると思うと、胸の奥が満たされていく。

「このまま、中でイけそうだね」

「ああっ」

角度を変えて、康隆が腰を打ち付けた。お腹の奥が疼き、水希は無意識に康隆の背に爪を立てる。

「呼吸を止めないで。そう、上手だよ」

「あぁ、康隆さん……」

繋がった場所が痙攣し、全身から汗が噴き出る。

「もう少しだけ我慢して」

「きゃ、んっ」

奥の奥まで雄が入ってきて、思わず腰を引きそうになるけれど康隆の手がそれを許してくれない。

「つぁ……からだ、ヘンになってる」

「大丈夫。深くイく準備に入ってるだけだよ。そのまま受け入れて」

「でも、怖い……っ、あ」

康隆が水希の身体を抱きしめ、覆い被さるようにして繋がる。

「水希の好きなタイミングでイっていいよ」

耳元で囁きながら、康隆が腰を打ち付ける。とん、とんと奥を小突かれる度に、甘い電流に似た快感が全身を駆け抜けた。

「ひっ。あ、ぁ」

これまでとは違う深い波が水希を飲み込む。

全身が多幸感に包まれ、深い快楽に溺れた。その間も康隆は痙攣する中を優しく擦り、快感を持続させてくれる。

「あ、もう……だめ……ぁ」

「可愛いよ」

「あ、んぁっ」

何度目か分からない深い快感に意識が飛びそうになる。一際《ひときわ》強く膣が狭まった瞬間、やっと康隆も水城の中で果てた。

暫くの間、互いに言葉もなく抱き合ったまま呼吸が整うのを待つ。

「……任せっぱなしで、私……ダメダメですね」

「そんな事を気にしてたのかい？」

苦笑する康隆が、汗で張り付いた水希の前髪を指で除けて額に口づける。

「愛してるよ、水希」

「康隆さん……？」

出したばかりの雄が、水希の中で硬さを取り戻しつつある。

(男の人って、こんなに早く……元に戻るものなの?)

水希もそれなりに性知識はあるから、男性の生理現象はなんとなくだけど理解しているつもりだ。

一度出せば終わりだと思っていたのに、こんなに早く硬くなるとは思っておらず困惑してしまう。

「水希だからだよ」

表情から察したのか、康隆が優しく微笑む。猛《たけ》る下半身とのギャップに、水希はただ戸惑う。

「もっと水希を愛したい」

「まって、康隆さん……あ……っ」

制止の言葉は康隆の唇に飲み込まれた。

第四章　揺らぐ気持ち

パーティーの翌日から、水希は康隆に抱かれるようになった。

仕事が終わると康隆が水希の部屋を毎晩のように訪れ肌を重ねる。

拒まなかったのは、許嫁の立場を受け入れたからではない。

むしろいつ彼と離れても未練を残さないために、自身の身体に彼を刻みつけたいという気持ちが強かったからだ。

けれど完全に康隆への気持ちを断ち切る決意もできず、水希の心は揺れている。

(優しいから、夢見ちゃうんだろうな)

行為が終わり裸のまま微睡んでいた水希は、隣で眠る康隆に思いをはせる。

渋谷家主催のパーティーの日、『場違いなのよ。貧乏人』と言われたことを未だに康隆にも相談できずにいる。

自分が彼に相応しくないのは事実だ。好きという感情だけで彼の隣に立てるほど、セレブの世界は甘くないだろう。

「……後悔しているのかい？」

「えっ？」

眠っているとばかり思っていた康隆が目蓋を開けて、水希の顔を覗き込む。

「婚前交渉が嫌なら、遠慮なく言ってほしい」

「そんなことないです！」

悩んでいると康隆は気付いているが、流石にその内容までは分かっていない。慌てて否定してから、それも恥ずかしいと気付くけれどもう遅い。

「良かった。水希と触れ合えないのは辛いからね」

甘い囁きと共に、唇が重ねられる。まだ快楽の残る身体を掌で撫でられ、水希は身悶えた。そっと胸を揉みしだかれ、艶の混じる吐息が零れる。

「……ぁ……んっ」

「敏感になったね」

「康隆さんが、触るから……ッ、あ」

胸から脇腹を滑り、下腹を指が這う。咄嗟に脚を閉じたけど、それより早く彼の手が脚の付け根に入り込んでしまう。

精液と愛液で濡れた膣口に指先が入り、濡れた内部をまさぐる。

「あ、あんっ……だめ……もう寝ないと、お仕事が……」

「明日は休みだから、寝坊しても大丈夫だよ」

猛る性器が太股に触れ、水希はまた求められるのだと知り頬を赤らめた。散々貪っても、康隆の欲は収まらないらしい。

「水希……」

「やっぱり、だめっ。康隆さん、忙しいんだから、寝た方がいいです」

「私は水希と愛し合っていると、疲れが取れるんだ」

そううそぶく康隆から逃げように背を向ける。

「本当に、嫌なのかい？」

「っ……はい……」

下腹部を撫でていた手が脚の付け根をまさぐる。咄嗟に力を入れて脚を閉じたけど、愛液と精液で濡れたそこは、指を受け入れてしまう。

「ひゃ、ぅ」

「水希は、クリトリスが好きだよね」

花芯を指の腹で優しく撫でられ、びくびくと身体が痙攣する。

「あっ」

身体の芯から力が抜けた瞬間を逃さず、康隆が猛る性器を水希の股に押し込む。挿入とは違い、幹とカリが会陰に触れているだけなのに、腰の奥がぞわりと疼く。

「動くよ」

「……ッ……あんっ」

軽く前後に腰が動く度に、触れ合った場所から粘液質の音が響く。クリトリスを弄られながら陰唇を男性器に刺激されて、次第に水希の息が上がっていく。

(私のからだ……やらしい音立ててる……)

欲しがって疼いているのに、康隆は挿入する素振りがない。

無意識に腰を擦り付けると、どうしてか動きを止めてしまう。

「康隆さん……私……」

「水希、支えてあげるから片方の脚上げられる?」

答える代わりに片足を曲げて開くと、膝を康隆の手が支える。

「すごく濡れてるから、奥まで入るよ。気持ちいいから、水希は楽にしてて」

横になったまま背後から康隆が身体を密着させる。いつものように見られている訳じゃないのに、酷く恥ずかしい。

「あっ……ぁ」

反りかえった固い性器が、物欲しげに震える膣へゆっくりと挿入されていく。

「水希の身体は柔らかいね。後ろからでも根元まで挿《はい》ったよ」

「つん。言わなくて……いいです……あぁっ」

いつと違う場所を先端で刺激され、水希は軽く達した。

「奥、感度良くなったね。この体位だと、もっと奥……押しつぶせるから。きっと水希も気に入るよ」

「ひゃんっ。あ、あ……やっ」

優しい声で卑猥な言葉を囁く康隆は、決して水希を辱めているのではなく悦《よろこ》ばせようとしているのは分かる。

でも性的に初心者の水希からすれば、その囁きでさえ愛撫になってしまう。

びく、びくと腰が跳ねて上り詰める。なのに康隆は固い先端で水希の奥を捏ねるのを止めてくれない。

「あ、あぅ……ひっ……康隆さん……」

「苦しい？」

「ちが……やすたか、さん……きもちい……ですか？」

自分ばかり気持ちよくなってしまうことが不安だったから尋ねただけなのに、何故か康隆の雄は水希の中で更に固くなった。

「やっ？　え、……どうして？」

「水希が可愛い事を言うからだよ」

背後から優しく抱きしめていた手が臍の下を軽く押す。その状態で中をかき混ぜられた瞬間、頭の中が真っ白になる程の快感が走り抜けた。

「っ……っは、ふ……ぅ」

「愛してる、水希。もっと私で感じて……私だけのものになって」

「ひ、っ……ッ、ぁう」

決して激しく突き上げられている訳でもないのに、奥の甘イキが止まらない。

「深呼吸して、水希。私の動きに集中して、締め付けてみて……そう、上手だよ」

耳朶を優しく噛みながら、康隆がいやらしい指示を出す。何も考えられなくて、水希は言うとおりにしてしまう。

（わた、し……なに、して……）

「あぅ、っ……ん……ぁ」

一番奥の大切な部分に、康隆の先端が擦り付けられるのが分かる。

「それは、だめっ」

「どうして？　もう水希のここは、私を覚えてしまってるよ」

一方的な許嫁なのに、これまで一度も避妊をしていない。そして水希も、康隆に流されるまま受け入れてしまっている。

「責任はとるから、大丈夫だよ。水希はただ、気持ちよくなるだけでいい」

「そんな……ひ、っあ……ぁふ……」

開発されて熟れた性感を、康隆が突き上げる。数時間前に出された精液が愛液と混ざり合って、泡立つ卑猥な音が響く。

脚の間から伝い落ちた液体や汗で、シーツはぐちゃぐちゃだ。

「そろそろ、いいかな」

「え？　きゃっ」

逞しい性器があっさりと体内から抜かれて、身体の中心がぽっかりと空洞になったような錯覚を覚える。けれどすぐ、仰向けにされた水希に康隆の身体がのし掛かり、両脚の膝裏を掴んで割広げた。

たっぷりと解された膣口に、康隆の性器が擦り付けられる。

赤く尖《とが》ったクリトリスを裏筋で擦られただけで、我慢できず水希は懇願してしまう。

「いや……康隆さん。焦らさないで……ッ」

「水希が求めてくれて嬉しいよ」

張り詰めた性器が、一気に水希を貫く。空洞を埋められほっとしたのもつかの間、子宮を押し上げる勢いで男性器の反りが増す。

「あ、あ……も……だめ……ぃ……く」

「中が痙攣してるね。好きなときにイっていいよ。水希」

とん、とんとリズムを付けて小突かれ、水希は身を捩って甘く泣く。けれど康隆の激しい愛撫は止まらず、内部の締め付けを楽しむように反応を返す場所を探り当てては、執拗に責め立てる。

「康隆さん……あ、っ」

何度目か分からない絶頂を迎えたその時、先端を一番奥に押し付けたまま康隆が動きを止める。

射精されたと分かるのに、康隆は緩やかな律動を止めない。それどころか、中に埋めたままで抜く気配すらないのだ。

「もう少し、水希の中を堪能したい」

「待って……ンっ」

痙攣を繰り返す水希に、康隆が何度もキスを落とす。その間にも、水希の中で彼の性器は力強く反りかえっていく。

与えられる快楽と優しさに抗《あらが》えず、水希は康隆の背に縋り付いた。

数日後、豊島の屋敷を真結が訪れた。

「どう、元気？」

「真結さん。その節はお世話になりました」

頭を下げると、真結は肩をすくめて笑う。

「気にしないで。話し相手になってくれって、あの仕事人間が頭下げに来たから、何かあったのかって心配だったんだけど。元気そうで良かった」

一向に悩みを打ち明けない水希に、康隆なりに気を遣ってくれたのだろうと察する。だがそれとは別に、水希は気になっていることがあった。

「今更ですけど、真結さんは康隆さんとは……」

康隆は否定していたけど、真結はどうなのだろうかと思っていたのだ。

「ないない。水希さんには悪いけど、康隆は私のタイプじゃないの」

本気で嫌そうに首を横に振る真結が嘘を言っているようには見えない。ソファに腰を下ろした真結の顔からふと笑顔が消えて真顔になる。

「あなたにシャンパンをかけた人のことなんだけど――」

数日前、友人から連絡があったと続ける。

「聞いてもいないのに、あなたにシャンパンをかけた犯人を知ってるって話したんですって。詳しい事は私と直接会って話したいって言づてがあったんだけど、怪しいから断ったわ」

パーティーでの事件は、今も厳重に伏せられてる。詳しい出来事を知ってるのは当事者の水希と康隆。そして主催の渋谷家だけだ。

真結はバッグからスマートフォンを出して、一枚の写真を水希に見せた。

「それがこの、長浜愛里咲《ありさ》って子。要注意人物よ」

「長浜愛里咲、さん」

「衣料品を主に手がけている会社社長のお嬢さんよ。二十五歳の独身。モデル並みの顔とスタイルだから、とっかえひっかえ恋人作って遊んでるって有名なの。他にも悪い噂が多い人だから、できるだけ関わりたくないの。だから断っちゃったんだ、ごめんね」

「いいえ、真結さんが謝る事ないですよ」

少し前まで康隆の婚約者を自称しており、豊島家も迷惑していたのは周知の事実なのだそうだ。しかし長年の取引先でもあったため、強く反論できなかったと真結がため息交じりに続ける。

「結局そのせいで、愛里咲さんは増長《ぞうちょう》しちゃったのよね。長浜家も資産家の一族だけど、どうして豊島家が譲歩したのか分からないのよね」

幸い半年ほど前に愛里咲が康隆の従兄《いとこ》に乗り換えてくれたので、これまでの事は不問にしたという経緯がある。

真結はほとんど関わりない相手だから、愛里咲のことは噂でしか知らなかったようだ。

「そうそう、今日はお願いがあってきたの。うちの母がやってるサロンで、お小遣い稼ぎしてみない？」

「サロン、て何ですか？」

「お金持ちのご婦人方が、お遊びで開くお茶会。って感じかしら」

真結の説明では、サロンの活動は内容は単なるお茶会から、様々な分野の講師を招いての勉強会、気に入った宝飾品や家具を紹介しての展示販売など多岐にわたる。

基本時に女性だけの集まりで、完全な紹介制。

昔から受け継がれているご婦人の派閥《はばつ》会合みたいなものだと言われても、水希には想像も付かない。

「そんなのあるなんて、知りませんでした」

「男の人はパーティーとかで人脈広げるけど、昔って所謂奥様は外に余り出なかったでしょう？　そういう事情もあって、サロン文化って形で人脈作りが広がったのよ。まあ以前よりは少なくなったけどね」

「すごい世界ですね」

「まあ、独特よね。主催は母なんだけど、私も今年から父の会社を手伝いながら、サロンの運営の一部も任されてるの――」

真結の話では、月に二回母親の開くサロンのイベントで宝飾品の販売が行われる。お抱えのデザイナーが持ち回りで担当するのだけど、そのうちの一人が渡米することになり、新しくデザイナーを探しているのだという。

「デザインしたジュエリーが売れたら、利益の八割を水希さんに渡すわ。顧客がついたら、個人ブランドを作る手伝いもする。悪い話じゃないと思うのだけど、どう？」

都合の良すぎる提案に、水希は困惑する。

「そんな上手い話あるわけないって思ってるでしょ」

「いえ、そんな……」

正直なところ、そんな世界に自分が入って良いものか迷うところだ。ずっと憧れていたジュエリーデザイナーとしてデビューできるだけでなく、収入も得られるなんてこんなチャンスは二度とないだろう。

戸惑う水希に、真結が身を乗り出して手を握る。

「お願い、水希さん。豊島家の次期当主の許嫁って肩書きは、ものすごい宣伝効果なのよ。あなたがうちのサロンに参加してくれたら、とても助かるの」

「でもそんなすごい場所に、私なんかが出ても……」

「無理に顔出ししなくていいわ。当分はうちのサロン専属のジュエリーデザイナーをしてくれれば、それだけで有り難いし」

ただデザインに専念していればいいと言う真結に拝み倒される形で、水希は頷いてしまう。

すると真結は目を輝かせ、スマホのメモにあれこれと書き込んで水希に見せる。

「じゃあ早速だけど来月のサロンであなたの作品をお披露目したいから、週明けまでにデザイン画を出してもらえるかしら。指輪を五点、ブローチを二点。帯留めもあると嬉しいわ。この日程でお願いできる？」

にこりと微笑む真結に、とても無理だとは言えない空気が漂う。

（大学の課題より厳しいかも）

けれど自分の趣味でデザインするより、他人から頼まれて構想を練るのは楽しい作業だ。大学の学園祭で、友人達と企画した時以来の高揚感を思い出す。

使う素材と色味を大まかに決めて、その日は解散となった。

その日のうちに、水希はデザインを始めた。

康隆は真結がそんな話を持ちかけたとは知らなかったようで、初めは驚いていたけれど反対はしなかった。

むしろ生き生きとしてる水希を応援してくれる。

「それで、彫金師と材料はどうするんだい？」

「真結さんが手配してくれるそうです」

夕食の席で説明をすると、康隆は何か考え込む。

そして思いがけない提案をしてくれた。

「よければ、一部の手配は私に任せてもらえないだろうか？　少しでも君の力になりたいんだ」

「いいんですか？」

今から頼まれた全てのジュエリーを製作するには、かなりタイトなスケジュールになる。真結のサロンが抱える彫金師だけでは、全てを間に合わせるのは難しいだろう。

「助かります」

「じゃあ彫金師のスケジュールを押さえておくよ。使う石も決まったら、すぐに手配しよう」

「それとパッケージデザインなんですが、お世話になった本社の森田部長にお願いしていただけますか？　個人向けの新しい商品として、私からのプレゼンも兼ねてるって伝えてください」

森田は豊島物産の手がける仕事以外にも、個人で才能を発揮できるような商品企画を探していた。

しかしどういった方面でアプローチすれば良いか悩んでいたので、サロン向けの企画はきっと喜んでもらえるはずだ。

実際、水希も真結からの提案がなければ、こんなセレブ向けの仕事があるなんて思いもしなかった。

「ではデザイン部門にも話を通しておくよ。真結さんには君から連絡してくれるかい？」

「はい！」

元気よく頷く水希を、康隆だけでなく給仕をしている藤田やメイド一同も微笑ましく見守っている。

康隆に連れて来られた日からなにも変わらない純朴な水希に、みな好感を覚えている。

気付いていないのは水希本人だけだ。

＊＊＊＊

渋谷家で行われたジュエリーデザインの打ち合わせの後、水希は真っ直ぐ豊島家には戻らず遠回りをして帰ることにした。

「一人になるの、久しぶりなんです」

豊島家で居候を始めてからは、常に誰かしらが傍に居てくれたので、有り難いがどうしても息が詰まる。

玄関先まで見送りに出た真結にそう伝えると、彼女はあははと豪快に笑う。

「そりゃそうよね。私もこういう生活が嫌で、家を出たから気持ち分かるわ。特に水希さんは問答無用で豊島家に放り込まれたわけだし。息抜きしたいなら、いつでもうちに来てね」

「ありがとうございます」

大学を卒業後、真結は週末だけ実家に帰り母のサロンの手伝いをしている。平日は一人暮しのマンションから、父親の経営する商社へ働きに出ているとの事だった。

今日は平日だが、午後からの半休をもらってわざわざデザインの打ち合わせに時間を割いてくれたと聞き、水希は自分に向けられる期待の重さに今更ながら押し潰されそうになる。

しかし心配は杞憂《きゆう》に終わる。

途中から同席した真結の母にデザイン画を見せたところ、予想以上に気に入ってくれたので水希はほっとした。

ただ想定外の出来事もあった。

次回のお茶会の打ち合わせにと、母親のサロン仲間が訪れたことで、流れ的に『康隆の許嫁』として紹介されてしまったのである。

名前も知られていない水希が、突然渋谷家お抱えのデザイナーとしてデビューするのは不自然だから、何かしら肩書きが必要なのは理解できる。ここで「まだ正式な関係ではない」なんて場の空気を乱すほど、水希も子どもではない。

真結も母の友人達が来るのは知らされていなかったらしく、後で謝ってくれた。

セレブのご婦人方だと知り身構えたけど、真結の母親同様にみな気さくな人ばかりでほっとした。

不思議だったのは水希が『康隆の許嫁』と知ると、まるで自分の子どものことのようにとても喜んでくれたことだ。

真結曰く『康隆の周りには素行の良くない女性が集まりがちで、幼い頃から彼を知る夫人達は皆心配していた』らしい。

それならば水希こそ、家柄も何も釣り合っていないと糾弾されてもおかしくない。なのに夫人達は水希の手を取って『康隆ちゃんをよろしくね』と、涙さえ浮かべていた。

「康隆さん、おばさま達から人気あるんですね」

「あの人、外面はいいのよ。内面は結構粘着質だから、水希さんも豊島君の独占欲に嫌気がさしたらこっちに家出してきていいからね。いつでも歓迎よ」

少し迷ってから、水希は真結にこそりと問う。

「愛里咲さんは、おばさま達から受け入れられてたんでしょうか？」

歓迎する夫人達の会話の中に、愛里咲の名前がちらと出たのを水希は聞き逃さなかった。良い意味で話題に出た雰囲気ではなかったけれど、やっぱり気にはなる。

「一方的に許嫁って言ってたとしても、長浜家って有名な資産家ですよね。家柄的には、釣り合うんじゃ……」

「まさか！　母のサロンに来る人は表立って人を悪く言わないけど、あの子とはみんな距離置いてたわよ。長浜家はそれなりに資産家だけど、あの子はちょっと性格に難ありだって噂よ。誘ってもどこのサロンにも顔を出さないし、パーティーに来れば既婚独身かまわず男の人にべったりでご実家でも困ってるらしいわ」

先日のパーティーの一件で、真結なりに調べたところ素行のよろしくない噂話《うわさばなし》が山のように出てきたらしい。

同じセレブでも全員と繋がりがあるわけではなく、在籍する学閥や親の仕事絡みでグループが違えば情報はさして入らない。

しかしその気になれば、情報網を使っていくらでも調べはきく。信憑性《しんぴょうせい》はその家の財力次第だと、真結は嫌味のない笑顔で言ってのけた。

水希からすれば何もかも非現実的な世界の話なので、素直に感心するばかりだ。それが真結からすると新鮮らしく、また、『康隆もそんな純粋なところが気に入ってるんじゃないかしら』と推測していた。

「じゃあ、次の打ち合わせは来週でいいかしら？　パッケージのデザインは、先に森田さんと詰めておくけどいい？」

「はい。お願いします」

ジュエリーのデザインに集中したかったので、パッケージのイメージは真結と森田で進めてもらうように頼んだのだ。

森田ならきっと真結の気に入るデザインを作るだろうと確信しているので安心して任せられる。

「じゃあ、また来週にね」

「ありがとうございました」

頭を下げると、水希は門に向かって歩きだす。渋谷家も豊島家ほどではないが豪邸だ。門の横に立つ守衛にも挨拶をして、外に出る。

ここは閑静な住宅街だが百メートルも歩けば大通りに出て、喧噪《けんそう》が戻ってくる。

(意外と駅に近かったのね)

豊島家で暮らし始めてから外出はしていなかったので、こんな近くに繁華街があると初めて知った。

ぶらぶらとウインドウショッピングを楽しみながら歩いていると、突然背後から声をかけられた。

振り返るとそこには、解雇された会社の元同僚が笑顔で立っていた。

「姫野さん！　久しぶりだね」

「久しぶり……山下《やました》さん」

一瞬返事に戸惑ったのは、彼女とは殆ど話をしたことがなかったからだ。会社でも必要最低限の会話だけだったし、同じアパートに住んでいるという事しか知らない。多分、相手も水希と同じくらいの距離感だった筈だ。

なのに今の彼女はまるで長年の親友みたいに、満面の笑顔で話し続ける。

「急にアパートからいなくなったから、みんな大騒ぎだったんだよ。心配したんだから」

「ごめんなさい。ちょっと、バタバタしてて」

解雇された身とはいえ、引っ越しの挨拶もしないで姿を消したのは事実だ。しかし山下とは、個人的に連絡先を交換していた間柄でもない。

一緒に出かけるどころか、ランチを食べた記憶もない彼女が、何故親しげに声をかけてきたのか身構えてしまう。

だが山下は困惑する水希に気付いているのかいないのか、親しげな態度を崩さない。

「仕事はもう決まった？」

「まあ、一応」

まさかなし崩しで豊島家の次期当主の婚約者にされてるなどと、本当の事を言えるわけもない。曖昧に誤魔化すけれど山下は社交辞令で聞いただけらしく、特にそれ以上突っ込んではこなかった。なのにやたらとはしゃいだ様子で、水希の腕を掴む。

「あれから会社倒産しちゃったし、次の就職先も見つからなさそうだからこれから田舎に帰るんだ。もう会えなくなるだろうし、折角だからちょっとお茶していかない？」

「かまわないけど」

少しくらいなら帰宅が遅れても、心配されたりはしないだろう。そもそも水希だっていい大人なのだから、ある程度自由にしてもいい筈だ。

「あ、あのお店雰囲気良くない？　入ろうよ」

山下に引きずられるようにして、水希は近くにあるカフェに入る。

一番奥の目立たない席を勧められ、水希は山下と向かい合って座った。山下はメニューをちらと見ただけで、勝手に珈琲を二つ注文する。そして何故かスマホを片手で弄りながら、自身の近況を一方的に話し始める。

「——でさあ、早く地元で結婚しろって煩いのよ。幼なじみが地元の銀行勤めしてて、親同士がその気になってるだけなんだけどさ。でも悪い話じゃないし」

「そうなんだ」

「こっちで散々遊んだから、私もいい加減に専業主婦になりたかったところだからいいんだけど。あ、別に自慢じゃないの。気にしないで」

「あ、うん」

会社勤めをしていた頃から、周囲からマウンティングされるのは慣れている。別に山下だけでなく、寿退社した先輩や同僚からも散々されてきたので、特に何も思わない。

「姫野さんは彼氏いるんだっけ」

「え……いないよ」

下手に『婚約者がいる』なんて答えたら、それこそ何を言われるかたまったものではないので適当に話を逸らす。

すると山下は満面の笑顔でとんでもない提案をしてきた。

「仲野専務といい感じだったんじゃないの？　よりを戻すなら、協力するわよ」

「ちょっと、何言ってるのよ」

「あの人落ちぶれても、資産はまだあるんでしょう？　くっついちゃえばいいのに」

「それはないなあ。だってセクハラする人だよ。山下さんも『あんな人とは結婚したくない』って話してたじゃない」

確か山下も仲野からセクハラを受けていたはずだ。給湯室では率先して仲野の悪口を言っていた記憶がある。

「そうだっけ？」

作り笑いで首を傾げる山下に、水希はやっと違和感を覚えた。先程からそわそわとスマホを気にしてばかりで、会話の内容も適当なことばかりだ。

「山下さん、私そろそろ行かないと……」

「もう少しここにいてよ。でないとお金もらえないの」

「お金？」

しまったというように山下が視線を逸らす。

と、そこにもう一人の人物が現れた。

「お待たせ、山下さん。ちょっと用事が長引いちゃって」

明るい声と共に、一人の女性がテーブルに近づいてくる。随分と親しげに話しかけているが、当の山下は引きつったような笑みを浮かべていた。

「……長浜さん。もう帰っていいですか？」

「ええありがとう。助かったわ」

(長浜さん？　まさか、真結さんが言ってた人？)

「約束のお金よ」

長浜と呼ばれた女性はバッグから銀行の封筒を出してテーブルに置く。すると山下は素早く手に取って中身を確認すると、満足げに微笑んだ。

「ごめんね、どうしてもお金が必要だったの。じゃあ私はもう関係ないからこれで」

「山下さん？」

「姫野さんは、もう少し人を疑った方がいいわよ。それと私、あなたのそういう気取ったところが嫌だったわ。何言われても「気にしてません」てかっこつけちゃってさ。もう顔見なくて済むからせいせいするわ。じゃ、バイバイ」

封筒をバッグにしまうと、山下は急いで席を立ち店から立ち去る。

「下品よね。あの人、お金をちらつかせたら簡単にあなたの個人情報をべらべら喋ってくれたわ。ここに連れてくる役も、自分から言い出したのよ」

同情するようにため息を吐き、長浜が山下の座っていた椅子に腰掛けた。

「初めまして。私が康隆の本当の婚約者、長浜愛里咲よ」

肩と二の腕の露出したふんわりとしたピンクのワンピースに、限定品のブランドバッグ。長い茶色の髪は緩く巻かれ、長い睫と瞳はまるで人形のようだ。

「あの、山下さんとはどういう関係で……」

「単なる雇い主よ。あの人、ブランドバッグの買い過ぎで借金があるんですって。実家に帰るお金もないから、協力してくれたらお金あげるって話したら予想以上に働いてくれたわ」

馬鹿にしたように鼻で笑うと、改めて水希をじっと見据える。

「康隆も大変ね。こんな不細工の相手しなきゃいけないなんて。本当に可哀想《かわいそう》。貧乏人でブスなんて、救いようがないじゃない」

「……っ、もしかして渋谷さんが主催したパーティーで、私にシャンパンをかけたのは長浜さんですか？」

どこかで聞き覚えのある声だと感じていた水希は、『貧乏人』の発音で確信する。

「やっと気付いたの？　間抜けね。でも康隆に告げ口したらただじゃおかないわよ。私を慕ってくれる人達の中には、ちょっと乱暴な男の子も多いの。手荒なことはしたくないから、黙って話を聞いてね」

（真結さんの言ってた通りだわ）

要注意人物だと言ってた意味が分かったが、この状況では逃げようがない。

「じゃあ本題に入るわね。康隆は貴女《あなた》と結婚しないと相続権がなくなるの。だから婚約者を演じてるだけなのよ。それをまず理解しなさい」

いくら自称婚約者でもやはり長浜家のご令嬢だけあって、物言いは堂々としている。彼女の言い分に納得しかけるけれど、でも康隆のことを信じたい自分もいる。

水希が黙っていると、愛里咲は徐《おもむろ》にバッグから離婚届の用紙を出してテーブルに置いた。

「婚姻届を出して相続の手続きが済んだら、すぐにこれを出すから先に署名して。遺産目当てで居座られたら私も康隆のご両親も困るのよ。ああ、手切れ金くらいは用意してあげるから安心して」

「待ってください。いきなりそんなこと言われても」

「あなたはさっさと、康隆さんと結婚するって弁護士に伝えて。康隆に遺産が手に入ったらすぐに出て行って頂戴。さっき言ったとおり手切れ金は払ってあげるわ」

一方的な言い分もそうだが、愛里咲の言う『遺産』と言う言葉が引っかかった。これまで康隆からは『以前から決められていた許嫁』としか聞いていなかったし、父も『借金のカタ』と冗談半分で話していただけだ。

「私、遺産なんて知りません」

そう水希が反論すると、急に愛里咲の眼差しが鋭くなった。

「嘘言わないで。これは豊島のお爺さまの遺言なのよ。今だって康隆は仕方なく、あなたを側に置いてるの。分かった！　康隆はあなたが逃げられないように、遺産の件を隠してたのね。彼らしいわ。でも私ははっきり言わせてもらうわよ」

遺産相続が終わればお払い箱だと笑う愛里咲に、水希は言葉を無くす。

「まさか、あなたみたいな平凡な女が本気で康隆に愛されているとでも思ったの？」

愛里咲の言葉に納得してしまう自分がいる。彼に身体を許し、告白も受け入れたけれど不安が全て消えたわけではない。

「これ以上康隆を困らせないでよね。貧乏人は弁《わきま》えなさい」

あんまりな暴言に水希は唇を噛む。悔しくて俯く水希の肩に、優しく手が置かれた。

「私の婚約者に対する侮辱は、誰であっても許さない」

「康隆さん？」

顔を上げると、厳しい表情で愛里咲を睨む康隆が立っていた。

「康隆！　来てくれたのね」

それまでと打って変わって、甘ったるい声を上げる愛里咲に対して、康隆はどこまでも冷たく言い放つ。

「君は功武《いさむ》の婚約者だろう」

「待って、違うのよ。あれは一時的にそうしてるだけで……」

縋り付こうとする愛里咲を、康隆はあっさりと引き剥がす。そして紳士的ではあるがきっぱりと彼女を拒絶した。

「長浜さん、これ以上私と水希に付きまとうなら、警察に訴える用意がある。——河野。長浜さんを送ってくれ」

「畏まりました」

「一人で帰れるわよ！」

席を立った愛里咲は河野の腕にわざとバッグをぶつけると、舌打ちをして踵《きびす》を返す。

「そんな女に引っかかるなんて、康隆も変な趣味してるのね。後悔しても遅いんだから」

見事な捨て台詞と共に、愛里咲が店を出て行く。彼女の姿が見えなくなると、やっと康隆が安堵したように息を吐く。

「真結さんから、君が一人で帰宅したと連絡があったんだ。念のため迎えに行った方が良いと言われたから、探しに来たんだよ」

「お忙しいのにすみません」

項垂れる水希に康隆が手を差し伸べる。

「彼女から話を聞いたようだね。先に伝えておくべきだった」

やはり遺産のことを知らされたと察しているのか、康隆の声は気まずそうだ。ここで話すには重い話題だと彼も思ったようで、水希の手を取ると帰宅を促す。

「詳しい事は、帰ったら話すよ」

「……はい」

断る理由はなかったので、水希も素直に康隆の言葉に頷いた。

＊＊＊＊

水希を連れて帰宅した康隆は、そのまま自室へと向かう。

いつも話をするのは水希の部屋だったので、彼女は戸惑った様子だがあえて気付かない振りをする。

ソファに並んで座ると、すぐに藤田が温かい紅茶を淹れてくれる。

ハーブティーを飲んだ水希がほっと息を吐いたのを見計らって、藤田は静かに部屋を出て行く。

そして二人きりになったところで、康隆は改めて水希に謝罪した。

「君を巻き込んで申し訳ない。遺産のことは、もっと早くに伝えておくべきだった」

「康隆さんが謝る事じゃないですよ。私が余計な気を回さないように、気遣ってくれてたんですよね？」

「君は何というか、察しがいいね。ただ先に言っておくけれど、決して遺産のために君を許嫁として迎えたわけじゃない。それは信じてほしい」

自分でも必死になっているが、今の状況ではなり振り構っていられない。

「遺産のことは、正直よく分かってないです。でも……さっきの長浜さんが、元婚約者なんですよね？　その、あの人じゃなくていいんですか？」

「その件だが、大分前に断っている。というか私も両親も、彼女を婚約者として認めたことはないんだ」

愛里咲は何故か、物心ついた頃から自分の婚約者気取りで豊島家に出入りしていた。康隆はその気がなく、長浜家側にも再三近づかないようにと警告していたが、のらくらと躱されていたのだと話す。

「長浜家とは長年取引があったから、無下にもできなくてね。そのうち理解すると思っていたのだけれど、どうにも話が通じなくて困っていたんだ。ただいつの間にか私の従兄の功武と婚約していて。正直ほっとしていたんだが……」

昔から我が儘な性格だった愛里咲は、どこに行ってもトラブルを起こす事で有名だった。美しい容姿と、長浜家の家名のお陰で一部の信奉者から持ち上げられているものの、個人的な付き合いをする者は限られている。

現に豊島家や渋谷家など、政財界に広く人脈のある家ほど、長浜との付き合いはあくまでビジネス上に留めており、愛里咲個人はさりげなくコミュニティから遠ざけられていた。

「えっと、じゃあ愛里咲さんは康隆さんの従兄と婚約されてるんですね」

「ああ。しかしその従兄の功武兄さんが問題なんだ。できれば全ての事が落ちつくまで、水希には話すつもりはなかったけれど。そうも言っていられない」

水希を不安にさせたくない思いから隠していたが、愛里咲が遺産の話をしてしまった以上功武のことも話す必要がある。

「現在の豊島物産は、私の父が社長となっている。けれど主立った決定は既に私が行っているんだが、書類上はまだ正式に権限の移譲がされていないんだ」

「どういう事ですか？」

「実は祖父の代に、一部の役員と揉めてね。まだその残りが燻《くすぶ》っているんだ――」

豊島物産自体の業績は順調だったが、親族の一部——つまるところ、従兄の親とそちら側に近しい親族——達は康隆が社長となることに不満があった。

「今はほぼ納得してもらえたが、功武兄さんだけは会社を継ぐのは自分だと疑っていないんだ」

親族を納得させるために、康隆は自分の能力を彼らに示し認めさせる事に成功した。

しかしどういう訳か、功武だけは未だに納得しないどころか『遺産に関しての遺言』に拘《こだわ》っている。

「父は経営能力はあるのだけれど、持病があって無理が利かない。そこで祖父は、私の力を見込んで、豊島物産を託してくれたんだ。けれど彼は未だに納得していない」

「お爺さまの遺言はどういう内容なんですか？」

康隆は今のところ水希に伝えられることだけを口にした。

「——君を守ってほしいとだけ……私と君の祖父同士は、交流があったことは突き止めているんだ。きっと何か、約束事をしたのだろう」

びくりと水希の肩が震えたのを康隆は見逃さない。

水希もまた、なにか隠しているのだろう。

「近いうちに、祖父の弁護士が遺言に関する説明会を開くことになっている。多分その場で、詳しい話は聞けるだろう」

祖父の遺言は未だ断片的にしか分かっていないので、功武は『水希と結婚した方を、正当な後継者にする』と勘違いしてしまったのだろうと、康隆は推測している。愛里咲もどこからかその噂を聞き、あのような暴挙に出たに違いない。

「私、そんな遺言があったなんて知りませんでした」

「私も水希が知っているとは思っていなかったし、巻き込んでしまったことを申し訳無く思っている。ただここまで話がややこしくなった以上、君を私の婚約者として周囲に知ってもらい、功武兄さんの行動を牽制するつもりだったんだ」

パーティーへ出向き、水希を「許嫁」と紹介することで、自分の庇護《ひご》下にある事を示すつもりだったと説明されて納得してくれた。

仕事に関しても、なるべく家にいてほしかったのは、功武が水希に対して何をするか分からないからだと告げると首を傾げる。

「康隆さんの従兄なのに、そんな強硬手段に出ますか？」

「乱暴な真似はしないだろうけど、遺産絡みと勘違いしているから用心に越したことはない」

大げさな話ではあるが、欲に目が眩んだ人間が愚かな行動に出るのはそう珍しくもない。

「でも私の事は、お爺さまの遺言があったからでしょう？　正直なところ、康隆さんはどう思っているんですか」

「私は私の意思で、君と結婚したいと思った。君がいい」

じっと見つめると、水希が息を呑む。

「私の事は嫌い？」

「ずるいですよ……」

「無理強いはしない」

「好き、です……でも私、康隆さんのこと何も知りません。教えてもらったけど、知らないことの方が多すぎるの。なのに好きだとか言ったら、あなたが嫌う女の人と同じになっちゃうじゃない！」

「水希さん？」

「かっこよくて、優しくて。私なんかに勿体ないくらい素敵で……家柄も違うし、お金持ちだし」

声詰まらせながら訴える水希を、康隆は可愛いと思ってしまう。

「パーティーの夜の事、疑ってる訳じゃないんです。でも」

不安げな水希をそっと抱きしめてやれば、華奢《きゃしゃ》な身体は素直に身を預けてきた。

「君は何も変わってないね」

元々察しが良くて周囲に気を配れる性格なのだろう。

それがパワハラやセクハラが常習の環境にいたせいで、悪い方向に感覚が研ぎ澄まされてしまった。

良いことを素直に受け止められず、相手が不快にならないか、自分への厚意に対して倍にして返さなければ叱られると考えるようになってしまっている。

優しい人間が陥る泥沼みたいな感情だ。康隆はその立場故に潰れてしまった人を何人も見てきている。

水希は康隆の地位を知ってもそれを自分のものだと笠《かさ》に着ない性格なのは予想していた。周囲は心配していたようだけど、大丈夫だと上に立つ者の勘が働いた。

それは正解だったと改めて思う。

「好きだよ、水希」

もっと甘えて、我が儘をぶつけてほしい。

そう伝えたところで、水希が困るだけだとも分かっている。だから少しずつ、彼女の気持ちを解し素直になれる手助けをしたい。

「もう少しだけ、時間をくれないか？　祖父達が交わした許嫁のことも、落ちついたら全て説明するから」

「……分かったわ」

戸惑いつつも信じてくれる素直さが水希の人柄を表している。

その夜は水希に深い触れ合いは求めず、優しく抱きしめて眠った。

第五章　波乱

豊島の祖父が何を考えて康隆に自分と結婚をするように指示したか分からない。

それこそ借金のカタでなければ、会ったこともない水希を婚約者になどするはずがない。

きっと康隆の祖父は、水希が借金のカタとして豊島家に嫁ぐよう約束を交わしたことを、誰にも言わないまま亡くなったのだろう。

おそらくだけれど、豊島家ほどの大きな家なら、お抱えの弁護士がその辺りの経緯は知っている筈だ。

（私一人で考えても解決しないわよね）

だがあえて話さないという事は、込み入った事情があるのだろう。

ともかく今は、自分にできる事をするしかない。

一人で部屋に籠もっていても気持ちが沈むだけなので、水希は先日サロンの打ち合わせの帰りに購入したお店のお茶菓子を持って康隆の執務室へと向かう。途中ですれ違った藤田にお茶の準備をお願いすると、快く引き受けてくれる。

執務室に運んでもらうように頼んでから、水希はドアをノックする。すぐに執事の河野が扉を開け水希を中に招いてくれた。

「康隆さん、河野さんも休憩しませんか？　いま藤田さんにお茶を頼んだから、良ければみなさんでお茶にしましょう」

気分転換と、あわよくば何か聞き出せるかもと深く考えず来てしまったが、康隆の机に積まれたファイルを見て、ぎくりとする。

「すみません、まだお仕事中でしたね」

「いや、丁度休憩しようと思っていた所だよ」

豊島商事の実質的な社長である康隆が、日々尋常でない量の仕事をこなしているのは分かっていた事だ。

ノートパソコン二台と、書類を挟んだ大量のファイル。

筆頭秘書も務めている河野は、タブレットに何ごとかを書き込みつつ水希に対応してくれている。

「時間的にも丁度良いですし、どうぞおかけになってください」

「じゃあ、遠慮なく」

程なく藤田もティーワゴンを押して入ってくる。

豊島邸に居候するようになってから思うのは、こうしたアンティーク品が現役で活躍し目にすることが多いという点だ。

屋敷の造りも古く、イギリスの貴族ドラマのセットみたいで未だに慣れない。しかし屋敷内は古く見えるだけで、居心地良く過ごせるように改装されているので快適だ。

「あの、これお茶菓子です。先日、渋谷さんのサロンで教えてもらったお店のお菓子なんです」

「では私が取り分けますね」

「お願いします」

箱を藤田に渡して、水希はソファに腰を下ろす。こういったことは、プロに任せた方がスムーズだ。

「そうだ、康隆さん。この間のパーティーで着けていた、お花を挿すブローチなんですけど。見せていただいてもいいですか？」

「勿論だよ。——河野、持って来てくれ」

康隆が指示を出すと、河野が隣室からビロードの小箱を持って来て水希の前に置く。確か真結の話では曾祖母《そうそぼ》から受け継いだ品らしい。

パーティーの日は急いでいたので、精巧な細工をじっくり観察することができなかった。

「どうぞ、お手にとってみてください」

掌に収まるサイズのそれをそっと手に取る。輝く銀細工のそれは外側だけでなく内側にも花や蔦が細かく彫り込まれている。

「綺麗ですね。これは紋章？」

裏側には獅子《しし》と十字架が一際精巧に彫られていた。獅子の目には青いダイヤが填《は》め込まれ、神秘的な輝きを放っている。

「曾祖母の実家の紋章だよ。結婚するに当たって家を出てしまったから、曾祖母は貴族ではなくなったのだけど。それは曾祖母が継ぐべきだと親族から言われて、結婚の際に持参したと聞いている」

「百年以上前の品だそうですよ」

「詳しいんですね」

「当主の使う銀製品の手入れは、執事の仕事なんです。品々の来歴や逸話も勉強します」

「じゃあ、康隆さんの使う銀製品の事は河野さんに聞けばいいんですね」

「はい、なんでも聞いてください」

ただでさえ河野は康隆の秘書も務めている優秀な人間だ。それに加えて、執事として屋敷の管理を任されているのだから、大変だろうと思う。

「執事のお仕事って、色々あるんですね」

「河野、私が説明する」

「出過ぎた真似をして申し訳ございません」

微笑んで頭を下げる河野に対して、康隆がばつの悪そうな顔をする。

「お茶がはいりましたよ。康隆様もこちらにどうぞ。甘い物を食べて、ゆっくりなさってください」

藤田がそれぞれにお茶とお菓子をサーブしてくれる。他愛の無い会話をする和やかな時間は、あっという間に過ぎていった。


部屋に戻った水希は、スマホに見たことのない番号からショートメールが届いていたことに気付く。

(豊島功武?)

非通知ではなく名前が出ているが、それはこの間、康隆から要注意人物と教えられた相手の名だった。

内容を確認した水希は、一瞬息を呑む。

『相続の件で君と二人きりで話をしたい。康隆の従兄、と言えば察してくれるかな』

康隆に相談すれば、きっと彼は止めるだろう。けれど嫌な予感がするので、水希はあえて本当の事を告げずに功武と直接連絡を取る。

意外にも功武からは『すぐに会いたい』と返信が来たので、そのまま水希は「急な打ち合わせが入ったから出かけます」とだけ藤田に告げて家を出た。

待ち合わせ場所に指定された喫茶店に行くと、店の前にその男は立っていた。

「随分と勇気のあるお嬢さんだ。改めて自己紹介をさせてもらうよ。俺は豊島功武。康隆の従兄さ」

確かに背格好は似ているけれど、顔立ちは従兄だからか康隆とは余り共通点が感じられない。

「本当に一人で来るとは思わなかったよ」

「康隆さんの従兄なら、変なことはしないと思ったので」

素っ気なく答える水希に、功武は馴《な》れ馴れしく肩に手を回してくる。離れようとしたけれど、男の力に叶うはずもない。

引き寄せられ、まるで恋人同士のように身体を密着させてくる功武から顔を背ける。

「申し訳ないけど、君はもう少し警戒心を持つべきだ。まあ別に怖いことをする訳じゃないから、俺の事は信頼してほしい」

「相続のお話じゃないんですか？」

「まあまあ、焦らず聞いてよ。誰に聞かれているか分からないから、今は恋人の振りをしてくれないかな？」

身勝手な言葉に呆れていると、功武は妙な提案を持ちかけてきた。

「これから愛里咲の実家へ行くんだけど、君に頼みたいことがある。今日連絡したのは愛里咲から君を連れてくるようにと頼まれててね。どうやら君を脅す気でいるらしいんだ」

そんな危険な場所に連れて行くにもかかわらず、どうしてか功武は愛里咲の計画をべらべらと喋る。

「あいつは君が目障りで仕方ないんだ」

「私に話していいんですか？」

「かまわないさ」

肩をすくめる功武が何を考えているのか分からない。

「愛里咲さんは、あなたの婚約者なんですよね？　どうしてそんなことをするんです？」

「彼女とは色々揉めててね。部屋にレコーダーを仕掛けたから、愛里咲が口を滑らす手伝いを頼みたいんだ。と言っても、あいつは勝手に喋るだろうから、君は愛里咲の話を聞いてくれるだけでいい。なに言質《げんち》が取れたら、ちゃんと助けるよ」

「断ったら？」

「康隆の不利になる。とだけ今は言っておくよ。俺はあいつの弱味を色々と握っているんだ」

ここまで言われたらとても断るなんてできない。

水希はしかたなく車の助手席に乗り込む。

「あなたが聞きたいことが分かったら。すぐに帰してくださいね」

「ああ、約束する」

信じていいのか分からないけれど、ここまで来てしまったら信用するしかない。

車は暫く走ると、高級住宅が建ち並ぶ一角で停まる。

「ここは？」

「愛里咲の実家。俺が話した事は絶対に言うなよ」

車を車庫に入れると、功武は水希の肩を抱いて邸内と入る。愛里咲の実家は豊島邸とは違い、近代的でモダンな造りの家だった。

何にしろ水希とは全く縁のないお金持ちの住宅であるという共通点があるので、高い天井や控えているメイドの姿に気圧《けお》される。

功武は二階の一室に入ると、水希を乱暴に前へと押し出した。

「連れてきたぜ」

「ありがとう、功武。申し訳ないんだけどこれから姫野さんと一緒にお茶会をするから、あなたは……」

「分かってるよ。女子会に無理矢理入るような無粋な真似はしないさ。と言う訳だから、姫野さんごゆっくり」

よろけて部屋に入ると、すぐに背後で扉が閉められる。

室内には愛里咲と同年代くらいの女性達が五人ほど座って歓談していた。しかし愛里咲以外は、水希に視線すら向けない。

「皆さん、本日の主役が到着したわよ」

「あら、気が付かなかったわ。ごめんなさい」

「愛里咲さんがお話してたコね。……メイドかと思っちゃった」

くすくすと笑う彼女たちからは、悪意しか感じられない。

「ねえ愛里咲さん。本当にこの地味な人が、康隆さんの許嫁を名乗ってるの？」

「身の程知らずなのよ。これだから貧乏人は駄目よね」

愛里咲が水希の肩を小突くのでよろけてしまう。どうしていいのか立ち尽くしているけれど、誰も水希に椅子すら勧めない。

「あなた、結婚詐欺してるんですって？　仲野さんから聞いたわ」

愛里咲の近くにいた一人が、声高に問いかける。流石にあり得ない事なので、水希は反論した。

「詐欺なんてしてません」

「あら、だってあなた仲野さんの婚約者なんでしょう？　それを黙って康隆に近づくなんて……お金目当ての詐欺としか言い様がないじゃない」

どうして仲野の名前が出るのか分からず困惑していると、他の取り巻き達も口々に水希をからかうように責め立ててくる。

「お話は聞いてるわよ。あなた、仲野さんを誘ったんですって？　恥ずかしい人ね」

「業務に障りが出るからって、辞めさせられたんでしょう？　それを仲野さんは可哀想に思って、婚約してくれたって話じゃない」

「あなたみたいに見境なく男を誘惑する人、ビッチって言うのよ」

何をどう間違ったのか、仲野が本当の婚約者だと彼女たちは思い込んでいるようだ。

「違います！　私は仲野さんの、恋人でも婚約者でもありません」

「どうでもいいわ。ともかくあなたは私の言うとおりにしなさいよ！」

苛立《いらだ》っている愛里咲が、水希を怒鳴りつけた。

「豊島のお爺さまは、あなたと、康隆と功武のどちらかと結婚させたがっていたわ。結婚した方に相続権を与えるとまで、遺言をしたらしいの」

だから自分が婚約者として康隆の傍に居れば、彼は豊島家の財産相続ができない。そういう訳で仕方なく身を引いたのだと、愛里咲は涙を浮かべて主張する。

彼女の取り巻き達も同情するように頷いている。

「でも、私……相続って言われてもどうしたらいいか……」

「だから空気読みなさいよ！　康隆は優しいから言わないけど、あんたは相続に必要なだけで手続きが終わればお払い箱なの！　だからさっさと婚姻届だけ出して、相続が終わったら離婚して実家に帰って」

康隆がお金のために自分を騙《だま》し、許嫁として扱っているなんて正直信じられない。

「いつまで経っても出て行かないから、こっちは迷惑してるのよ」

けれど確かここに連れてきた功武の話では、二人は婚約しているはずだ。

「愛里咲さんは、功武さんと婚約してるんじゃないんですか？」

「豊島の名前はステータスだから一時的に婚約してあげただけ。この私が短期間でもフリーになるなんて、あり得ないし」

あんまりな言い分に、水希は唖然《あぜん》とした。

（功武さんが言っていた、「揉めてる」ってこのこと？）

「相続が無事に終われば、功武は捨てて康隆の所に戻るわ。ああでも、功武にもまとわりつかないでよね。私、功武も取っておきたいの。顔が好みなのよね」

「どうしてそんな身勝手なこと……」

「功武もいい男だから、手放すの勿体なくて。だから康隆と結婚した後は、恋人になってもらうの。彼、私の言う事ならなんでも聞いてくれるから扱いやすいし」

笑顔で悪気も何もなく言ってのける愛里咲に、水希は嫌悪感しかない。

「そんな不誠実なこと、よくできますね」

つい思っていた事を口にすると、長浜が水希を睨み右手で思い切り頬を叩く。

「煩いわね、貧乏人。いいから大人しく言うことを聞きなさい。あなたはさっさと、弁護士に康隆が相続人だって証言してからすぐ離婚して」

「だから私は、相続とかそんなこと関係ありません」

「言い逃れをするつもり？　そうだ、これから仲野って男を呼んであげる。言うとおりにしなかったらどうなるか、馬鹿なあなたでも分かるわよね？」

下品な嗤《わら》いを浮かべる愛里咲と取り巻きに、背筋が冷たくなる。彼女たちが何をするつもりなのか、考えたくもない。

「功武、来て頂戴。この女をどこかに閉じ込めておいて」

愛里咲はスマホで功武を呼び出すと、すぐに彼が部屋に入ってくる。

「はいはい。分かりましたよ愛里咲ちゃん」

どこかおどけたように笑って、功武は水希を連れ出した。

「離してください……」

「声は抑えて」

功武は周囲を見回すと、メイド達の姿がないのを確認してから玄関へと向かう。

「愛里咲の考えを知りたかったんだ。あそこまで喋るとは思わなかったから助かったよ。あいつ考えてる事エグいから、俺と逃げた方がいい」

盗聴器でも仕掛けていたのか、功武は仲野が来ると分かってたようだ。

「彼女、俺と婚約した後も、男遊びが激しくて辟易《へきえき》していたんだ。隠してるつもりだけどバレバレ」

顔をしかめる功武に、水希は疑問を口にする。

「だったらどうして、婚約破棄しないんですか？　証拠はあるんでしょう？」

「彼女は顔もスタイルもモデル並みだから、パーティーで隣に置くのには丁度いいんだ。それにビッチでも、大口取引先であるの長浜家のご令嬢っていう肩書きは魅力的だからね」

潮時を見て破棄はするつもりだったと続ける功武に、似たもの同士だと内心思う。

ただ功武が有利に婚約破棄するためには、もっと確実な決定打が欲しかったらしい。

「計画は成功したんですから、逃がしてくれるんですよね」

「まあそうなんだけど。もう一つ条件がある」

「相続のことでしたら、私はなにも知りません。本当です」

「察しがいいね」

玄関から出ると、功武は庭の目立たない立木の影に水希を連れて行く。

「君が知らないのも無理はない。弁護士との話し合いに同席して、俺が正統な後継者だと証言してくれればいい。わざわざ結婚なんてしなくても、爺さんが後継者にしたがってたって言えば、それだけで有利になるんだ」

「嫌だって言ったら、どうしますか？」

「仲間という男が、結婚詐欺をしたと君を訴える気でいるらしい。こちらはあの馬鹿な男に弁護士を用意してもいい。まあ仲野に勝ち目はないが康隆の婚約者が結婚詐欺をしたって噂にでもなればなれば、豊島家の名前に泥を塗ることになる」

じっと水希を探るように見つめてくるけれど、水希も視線を逸らさず功武をにらみ返す。

「そうなったら君は、康隆と結婚どころじゃなくなるな」

「裁判するなら、すればいいじゃないですか。康隆さんと私は、何の関係もありません。ご迷惑をかけるような事になる前にあの家を出ます。そもそも婚約者だって言ってるのは康隆さんだけで、私は承諾してません」

自分で言っておきながら、胸の奥が苦しくなる。でもそれは事実だと、水希が一番よく分かっていた。

しかし功武は水希の答えが予想外だったようで、少し驚いた様子で目を見開く。

「姫野さんて、よく見ると可愛いね。あいつには勿体ないな……そうだ！　俺の愛人にならない？」

「は？」

突然の事に固まっていると、顎《あご》を持ち上げられて功武の顔が近づく。逃げようにもいつの間にか片手が腰に回されていて、水希は動けない。

（康隆さん……）

せめてもの抵抗にと唇をぎゅっと噛む。

「いいね。気の強い女を調教するのは好きなんだ」

生温かい息が口元にかかり、恐怖と嫌悪感に泣きそうになる。その時、鋭い声が水希に耳に飛び込んでくる。

「水希！」

「ここです、康隆さん！」

必死に身を振り功武の手から逃げ出すと、駆けつけた康隆が水希の身体を抱き留める。

「頬が腫れている……一体誰が……まさか、功武兄さんっ！」

片手で胸ぐらを掴むけど功武は平然と笑っている。

「酷いな。俺は彼女を助けたんだぜ」

それは嘘ではないので、水希も悔しく思いながらも頷く。

「助けていただいたのは本当です。ありがとうございます」

「他人行儀だな。まあ愛里咲にはもう愛想が尽きてたからね。姫野さんが巻き込まれるのは気分が悪い」

康隆が手を離すと、功武は大げさにため息を吐いて曲がったネクタイを直す。

「それにお前に姫野さんの居場所を連絡したのは俺だぜ。感謝くらいしてくれたっていいだろ？」

「私の大切な人を誘拐しておいて、よくそんな口を叩けるな」

「康隆さん」

再び殴りかかりそうな康隆を、水希は必死に抑える。

「私は大丈夫です。だから……」

こんな卑劣な相手を殴って、不利な状況を作り出すことはないと視線で訴えた。しがみつく水希に康隆も理性を取り戻し、功武から庇うように水希の肩に手を置く。

「姫野さんが逃げたと気付けば、彼女も少しは考えるだろう。長浜家とは浅からぬ付き合いだ。警察を呼ぶのは得策じゃない」

今騒ぎを起こせば、週刊誌のネタにされるのは二人とも分かっている。

「改めて、弁護士の立ち会いで話をしようじゃないか。その時に、決着を付けよう」

「では今日中に、日時を連絡する。それでいいか」

「ああ、早いほうが、お互いいいだろう。愛里咲が気が付く前に、帰った方が良い。姫野さん、コイツが嫌になったら、いつでも連絡してくれよな」

ひらひらと手を振って、功武もガレージへと向かう。面倒ごとに巻き込まれるのはご免らしい。

「私たちも帰ろう」

そう言って抱き寄せる康隆に、水希は大人しく身体を預けた。

第六章　決着

帰宅後、康隆は有無を言わせず水希を自室へと連れて行った。藤田が紅茶を淹れ、何か言いたげにしていたが、河野が首を横に振り出て行くように促す。

部屋には康隆と水希、河野だけは同席を許した。第三者がいなければ感情的になりそうだと康隆自身が判断したのだ。

隣に座らせた水希が俯いたままティーカップを手に取る。功武から引き離し車に乗せてから、彼女は目を合わせようとしない。

(功武兄さんは、一体何を考えているんだ……落ち着け。私が動揺すれば、水希も不安になるだけだ)

河野が控えていなければ、水希を抱きしめ詰問していただろう。そんなことをすれば水希のトラウマになりかねないと頭では分かっているから、康隆は暴走しそうな感情を必死に理性で抑え込む。

「ごめんなさい、康隆さん」

「心配したんだよ。君に何かあったら、後悔どころじゃ済まない」

カップを置いた手を握ると、一瞬水希がびくりと震える。けれど拒絶はしないので、内心胸をなで下ろす。

「功武兄さんに何を言われたのか、教えてくれないか？」

少しの沈黙の後、水希がぽつぽつと話し出す。

「……愛里咲さんの言質を取る手伝いをしてほしいって、言われたんです。拒否すれば、康隆さんの弱味を暴露するって言われて……」

「つまり姫野様は、功武様に脅されて仕方なく彼について行かざるを得なかったという訳ですね」

何故水希が長浜家に行ったのか、事の経緯が分かってほっとする。と同時に水希を巻き込んだ功武に対して怒りがこみ上げてくる。

「しかし功武様が康隆様の弱味を？」

ぽつりと呟く河野に、康隆も眉を顰めた。これまで親戚としての付き合いはあったが、深い話をするような仲ではない。

それに「弱味」と言われても、思い当たる節は全くない。

「はい。内容は教えてくれなかったけど、自信たっぷりだったから……信じてしまって……」

「姫野様が動揺したのは想像できます。ですからそうご自分を責めないでください。むしろ功武様の方が……」

「河野」

「申し訳ございません」

功武に対しては思うところがあるが、今ここで水希に話す必要はないだろう。ただでさえ混乱している彼女に、豊島家のゴタゴタを告げても余計に困惑させるだけだ。

「それと、私の事を仲野さんが結婚詐欺で訴える準備をしているそうなんです。もし本当なら、功武さんは仲野さんに弁護士を紹介するって」

いかにも功武が考えそうな、浅はかな計画だ。

水希は既に内々では康隆の許嫁として認められているから、そんな下らないトラブルは豊島家の恥だと言いくるめられたのだろう。

「だから訴えられたくなかったら……康隆さんと弁護士に、自分が正当な後継者だって言えと」

「それで自信満々だった訳か」

呆れて物も言えないとはこのことだ。恥を曝すのは功武の方になるにもかかわらず、彼は何も理解していない。

「大丈夫だよ、水希」

握る手に力を込め、康隆は愛《いと》しい水希を安心させるように微笑む。

「私を信じて」

ずっと伏せられていた眼差しが、康隆を見つめる。頷く水希を抱きしめると、背後で扉の閉まる音がする。

河野が気を利かせて出て行ったと分かり、康隆は優秀な執事に心の中で礼を言い、水希の唇を奪った。

＊＊＊＊

三日後、水希は康隆と共に豊島物産の本社ビルにある社長室で功武と対峙《たいじ》していた。

当然だが社長室には三人だけでなく豊島家の弁護士と、会社の顧問弁護士。河野を含めた数人の秘書、豊島物産の重役数名が立会人として書類を前に座っている。

（同席してちゃんと証言しますなんて言っちゃったけど。私が出る幕なんてなさそうね）

漂う空気感は完全に功武のアウェー状態だ。

しかし彼と彼の連れてきた弁護士は、何故か先程から水希に目配せをして頷いている。きっと有利な証言をすると疑っていないのだろう。

「では皆様、会社の相続権に関してですが――」

会社の顧問弁護士が口を開いたその時、見計らったように一人の女が会議室の扉を勢いよく開けて飛び込んでくる。

「勝手に話を進めないでよ！」

「どうして長浜君が？」

「俺が呼んだんだよ。大切な話だろう？」

にやにやと笑う功武に、康隆が大きなため息を吐く。

「どうして功武兄さんは昔から余計な事ばかりするんだ」

「面倒ごとは一度に片付けた方が楽だろ？」

愛里咲は二人の遣り取りなど聞こえていないのか、水希の前に歩み寄ると勝ち誇ったように笑い出した。

「弁護士も立ち会ってるなら、丁度良かったわ。あなたに相応しい相手を連れてきてあげたの。感謝しなさいよ」

何のことか分からずぽかんとしていると、扉の影から見知った男が顔を出す。

「仲野さん？」

何故か彼は、大きなキャリーバッグを引きずっている。

「久しぶりだね水希ちゃん」

へらへらと軽薄な笑顔で会釈をする仲野が何を考えているのか分からず不気味だ。そんな二人に対して、話の腰を折られた弁護士が呆れたように一枚の書類を掲げる。

「長浜様、仲野さん。お二人には、姫野水希様への接近禁止の警告が出ているはずですが？」

「は？」

苛立った様子で愛里咲が書類をひったくる。そしてそれが警察からの正式な書類だと理解した瞬間、顔を真っ赤にして怒鳴り散らす。

「ちょっと、私が康隆と水希に接近禁止ってどういうことよ！　その女が康隆に嘘を吹き込んだのね！」

掴みかかろうとする愛里咲から水希を守るように康隆が間に入った。

「長浜嬢。君が水希にしたことは、監禁未遂だ。私に対するストーカー行為も、警察に届けたはずだが」

「監禁だなんて誤解よ！　お茶会に招待しただけなの。水希さんは私に嫉妬して、そんな嘘を吐いたのね。……功武だって証言してくれるわ」

やっと功武の存在に気付いたのか、愛里咲は涙目になって彼にすり寄った。しかし功武は抱きつこうとする彼女の手を払いのける。

「愛里咲、君との婚約は破棄するよ。俺を散々金ヅル扱いした証拠も揃ってる。ああ、康隆。お前にもこの音声データはコピーしてやるよ。お前のことも金目的で近づいたってべらべら喋ってたからな。姫野さんのお陰だよ」

ここぞとばかりに功武が便乗し、ポケットからレコーダを出して再生する。

室内に大音量で流れ出したのは、あのお茶会の日に水希に向けられた酷い言葉の数々だった。

言い訳もできずに固まった愛里咲だったが、再生が終わるやいなや功武に詰め寄る。

「功武さん。こんなことして、ただですむと思ってるの？」

「弁護士を雇って、俺を訴えるなり何なりすればいい。ただし、この音声以外にも君が複数の男と関係を持っていたと興信所から報告は届いてる。いやあ、ここまで酷いとは想定外だったよ。自分から婚約を迫っておいて平然と乱れた生活を続けるとはね。『長浜家のご令嬢』も地に落ちたものだ」

どこか芝居がかった口調で功武が愛里咲を容赦なく罵倒する。

暫く呆然としていた愛里咲だが、自分の置かれた立場を理解したのか涙目になって功武を見つめた。

「じゃあ私は、誰と結婚すればいいのよ？」

「知るか！」

縋り付こうとする愛里咲を、功武が払いのけた。床に倒れ込んだ愛里咲は功武を睨み付けた後、康隆に手を伸ばす。

「康隆さん、私やっぱりあなたが一番好きよ。あなたのものになってあげるわ！　だから私と結婚して、借金の返済手伝って！」

「本音が出たな、愛里咲。長浜家の令嬢が怪しい店で金借りてるって噂は本当だったんだな」

「っ……」

ここまで来ると芝居でもしているかのような遣り取りだけれど、本人達は至って真面目らしい。

呆れている周囲の人々を無視して、愛里咲はまだ身勝手な熱弁を振るう。

「康隆さんは、私を見捨てる事はできないわよ。だって長浜家とは長年の取引があるんだもの」

しかし康隆が愛里咲の手を取ることはなかった。

「ああ、長浜との取引は続ける。しかし来月をもって君の父上は社長の地位を甥《おい》に譲るそうだ。そして君は、明日から海外留学が決まっている」

「なにそれ。聞いてないわ！　嘘でしょ！」

呆気に取られた様子で愛里咲が抗議の声を上げた。

「君が渋谷家主催のパーティーで、水希のドレスにシャンパンをかけた犯人だと、ウエイターから証言も取れている。これ以上醜態を晒《さら》す前に、大人しく帰りなさい」

「待って！　人違いよ！　話を聞いて！」

立ちあがって康隆に近づこうとする愛里咲に、それまで黙っていた仲野が近づく。

「長浜さん、もういいかな？　僕は水希ちゃんと新婚旅行に行くんだ」

「は？」

「長浜さんが水希ちゃんを僕にくれるって約束したから、ここに連れてきてくれたんだろう？　君が僕に恋心を抱いていると気付いていたよ。けど申し訳ないけど、僕は水希ちゃん一筋なんだ」

流石に功武も仲野の言い分に引いたのか、眉を顰めて愛里咲を見遣《みや》る。

「愛里咲、お前はこの男とも関係を持ってたのか？」

「違うわよ！　こいつとは喫茶店で水希の話をしただけよ。こんな気持ち悪い男と寝るわけないでしょ！」

仲野は騒ぐ二人を無視して水希にすり寄ろうとする。

周囲の空気が全く読めていないのか、一人だけ脳天気ににやにやと笑う仲野は不気味を通り越して、得体の知れない化け物のようだ。

「さ、行こう水希ちゃん。パパとママも待ってるよ。婚姻届はもう出してあるから」

「婚姻届なんて、書いた覚えはありませんけど」

きっぱり否定する水希に、仲野は何故か得意げに胸を張る。

「水希ちゃんがなかなかうちに来てくれないから、長浜さんが君の名前を代筆してくれたんだ。もういいだろう？　早くしないと飛行機の時間に遅れちゃうよ」

「長浜君、本当なのか？」

怒りを露わにした康隆の問いに、愛里咲が後退った。

「この人……ちょっと、何を言ってるか分からないんだけど……私は何もしてないわ」

「え？　長浜さんが水希ちゃんと僕が結婚できる簡単な方法があるって言って、手伝ってくれたんじゃないか」

「仲野さん、あなたは勝手に姫野さんとの婚姻届を書いたんですか？　姫野さんの署名欄は、どうしたのですか？」

弁護士の質問に、仲野が苛立ったように答える。

「だから長浜さんが代筆してくれたんだよ。今頃ママが役所に出してくれてる筈だから、僕と水希ちゃんは夫婦だよ」

「河野の予想したとおりだな。不受理申出書を出しておいてよかった」

康隆の言葉に、水希は豊島邸に連れて行かれた直後のことを思い出す。精神的に疲弊していた上に、突然康隆から「婚約者」だと言われ混乱していた水希は、「引っ越し代行」や「会社への給料未払い請求書」などなど弁護士立ち会いの下で様々な書類に署名した。もちろん全ての説明を受けたが、詳しい事は覚えていない。

（……不受理申出書……そんな書類もあったっけ……）

仲野の異常な言動を目の当たりにした康隆は、河野と話し合って先に手を打ったのだろう。

「不受理申出書？　なんだそれ。訳の分からない脅しをするなよ！」

理解していないのか、仲野が口を尖らせてくってかかる。

「悪質なストーカーなどの対策で、使う手段だよ。不受理申出書が出されている間は、婚姻届を持ち込んでも受理されることはない」

「仲野さんと長浜様がされたことは、有印私文書偽造罪《ゆういんしぶんしょぎぞうざい》に当たります」

「なにそれ？」

今度は愛里咲がぽかんとして首を傾げる。

「刑事罰のことですよ」

「こちらとしては、ストーカーの件もあることですし起訴を取り下げるつもりはありません」

「会社に在籍していた当時から、仲野さんはその立場を利用したパワハラ、セクハラの被害もあったと姫野様から聞いております。実刑は逃れられないでしょう」

実刑という単語を聞いて、やっと仲野が事態を把握したのかみるみるうちに青ざめる。

「どういう事だ長浜さん、あなた僕を騙したな！　名前を書いて出せば、水希ちゃんと結婚できるって教えてくれたのはあなたじゃないか」

「知らないわよ！　あんただって、喜んでたじゃない。黙りなさいよ！」

少し考えれば自分達のしたことは犯罪と分かるはずなのに、彼らはそんな思考に至らなかったようだ。

「あんた弁護士だよな！　この女が、水希ちゃんと結婚させてくれるって約束したんだ！　金も渡した！　どうにかしてくれよ！」

二人に説明をした豊島家の弁護士に詰め寄るけれど、こういう事態は慣れているのか冷静に対応する。

「どうにもなりません。ご自分のされたことを反省して、謝罪をすることがあなたにできる最善のことですよ」

「どうして僕が謝らないといけないんだ！　パパとママにも、お嫁さんが来るって言っちゃったんだぞ！　長浜さん、責任取れよ！」

「あんたが勝手に勘違いしただけでしょ！　馬鹿じゃないの？」

怒りで顔を真っ赤にして叫ぶ仲野に対して、愛里咲も負けじと甲高い声で罵倒する。

そんな二人から庇うように、康隆が水希の肩を抱いてドアの傍へとそっと移動させてくれる。

「今のうちに、君は外へ出るんだ」

「康隆さんは？」

「私は大丈夫。それにもうすぐ警察も駆けつける」

仲野と愛里咲が言い争い始めてすぐに、河野が通報していたのだと続ける。

「もう君でいい、僕と結婚しろ！　水希ちゃんは愛人にしてやる！」

ぶるぶると震えながら、仲野がポケットからナイフを出して振りかざす。

まさかそんな凶器を持ち込んでいたとはだれも想定していなかったので、室内に緊張が走った。

「近寄るな！　邪魔をしたら殺すぞ！」

「ひっ」

逃げようとした功武が、愛里咲を巻き込むようにして転ぶ。

全員の視線が二人に向いた一瞬の隙を突いて、康隆が仲野の手を掴み背中へと捻《ひね》り上げた。

あまりの痛みに悲鳴を上げて、仲野がナイフを落とす。

「康隆さん！」

「水希は動くんじゃない」

仲野を床に押さえつけると同時に、警備員に案内された警察が入ってくる。すぐに河野達が事情を説明し、愛里咲と仲野は警官に連行されていった。

「――専務、いかが致しましょうか？」

嵐のような逮捕劇に弁護士もこのまま続けて良いのかと康隆に判断を仰ぐ。だがそれを功武が遮った。

「相続の件は、さっさとケリをつけようじゃないか。こんな馬鹿に、豊島物産を任せられないからな。姫野さん、康隆に事実を突きつけてやってくれ」

何故か得意げな功武が水希を促すけれど、話すことなどないので首を横に振る。

「勘違いしているようですけど、私は相続の事なんて知りません。弁護士さん。お話の続きをお願いします」

慌てている功武を無視して、進行役の弁護士が場を仕切り直す。

「では改めまして。相続の件ですが、既に豊島物産の全権限と遺産は康隆様に相続するようにとのご意向で決定しております」

現在の社長は康隆の父だが、病気がちなので実質康隆が全ての業務に関わっているのは重役ならば全員が知っていることだ。

業務に関して知識があり、現状の業績は右肩上がりなので役員達も康隆の能力は認めている。難点は若いという事くらいだが、それ以外は文句のつけようがないというのが上層部の総意だと同席している重役が告げる。

「幾度か会議をして採決を取った結果、康隆君で問題無いと意見は一致しているんだよ」

既に上層部の会議で康隆が正式な次期社長と認められており、株主総会でも通る予定だと続ける。

つまり根回しは済んでいるし、反対意見もないのだと、弁護士が何度も丁寧に繰り返す。

「ちょっと待て。こっちには何の連絡もなかったぞ」

「はい。功武様は相続に関して、全く発言権を持ちませんので。株主総会が終わってから、書類が届くかと」

完全に蚊帳《かや》の外という事を理解した功武が、真っ青になって髪を掻き毟《むし》る。

「待て！　俺は知っているんだ。爺さんと康隆の親父は結託して、勝手に資産を動かしたんだぞ！　業務上横領だ！」

「それに関しては、話し合いで解決しております。功武様の仰っている件は、おそらく姫野家への援助に関してと思われますが、全て亡くなった恵会長の個人資産で行われておりますので会社の損失はありません」

「どういう事だ！　父さんが言ってたことと違うぞ！」

するとと康隆と弁護士達がそれぞれ顔を見合わせ、申し合わせたようにため息を吐いた。

「跡継ぎの件ですが、功武様のお父様は既に放棄しておられます」

「俺は聞いてない！」

「正式な書類として、残っていますので。こちらをご覧になってください」

テーブルに置かれた分厚いファイルを、功武がひったくるようにして手に取り読み始める。

そして暫くすると、その場にがくりと膝をついた。

「なんでこんな大事な事を、親父は俺に言わなかったんだ？」

「伯父さんはプライドの高い方だからね。かつて業務上横領だと告発したのは伯父さんだったけれど、会議で事情説明された際に恥をかかされたと部下に八つ当たりをしていたと父から聞いているよ。だから援助の真実に関しても、息子の君に言いたがらなかったのも頷ける」

そもそも跡継ぎ争いを降りたのは康隆の父の兄が先だった上に、くだらないプライドで嘘を吐いていたと知り功武は呆然としている。

「それと、今回の件は伯父にも連絡済みです」

功武を見る康隆の目は、哀れみに近い。

「トラブルを起こした場合、こちらの書類を開示するよう言付かっております」

「まだ何かあるのか……？」

「この際だから、口頭でも伝えておく。功武兄さん、あなたの父親は豊島家に何の関係もない人なんです――」

伯父は功武が妻の不倫でできた子だと分かっていながら結婚生活を続けていたが、妻は素行を改めず不倫を繰り返した結果、功武が幼い頃に離婚となった。

彼女はその後、海外で再婚している。一方伯父は妻に裏切られた事がショックで、再婚はしていない。

「祖父は裁判をして実子の認知を撤回するよう伯父に言ったそうですが、外聞を気にした伯父は自分が責任を持つと言うことで功武兄さんを豊島家に残したんです。けれどあなたは、豊島家の財産を食い潰すばかりで何もしなかった」

温情で会社を与えられたけど、功武はほとんど働かず会社の資金を使い遊び歩いている。そんな息子に呆れた伯父は、生前贈与して纏まった金を渡したけれど既にそれも使い果たしたようだ。

一方の伯父は会社を興し、祖父の名を使ってなんとかやっているが、業績は思わしくないようだ。

「でも相続は水希と結婚することが条件だろう？　なあ水希、分かってるよな？」

しかし仲野が逮捕され、姫野家への融資が個人資産で行われたことが明白になった今、功武の脅しが利くわけもない。

「そうだ、手紙があるとか聞いたぞ！　爺さんは、きっと俺に水希を託したって書いたに違いない」

ここまで来てもなお、自分が相続できると疑っていない功武に呆《あき》れ果《は》てる。

「そうは言いますけど、手紙なんて知りません」

心当たりのない水希が正直に答えると、河野が意外な事を告げた。

「確かに先代の社長から、姫野様のお爺さまに宛てた手紙は、水希さんのご実家にありました」

「え、ええっ？」

驚いて声を上げる水希に、康隆が説明してくれる。

「私と君の祖父がどういった関係だったのか、証拠が欲しかったんだ。確証が得られるまで、黙っていてすまない」

手紙の他にも銀行の振り込みの証書や祖父が入院していた病院の看護師の証言など、豊島家の弁護士が鞄から出して水希の前に置く。

祖父宛で届いた物を保管していた父から、執事の河野が姫野家に赴き預かって来たのだと説明を受ける。

「では私の方から、お話しさせて頂きますが、よろしいですかな？」

重々しい声に反対する者はおらず、水希も固唾を呑んで初めて知る祖父の過去に耳を傾けた。

水希の祖父、姫野藤司と康隆の祖父、豊島恵は碁会で知り合ったそうだ。当初は互いが会社を経営しているとは知らず、友人として接していたとのことだ。

あるとき、藤司が会社を畳むという話をして、互いの立場を知る。その後、恵が個人的な融資を行い、姫野家は経営していた会社の債務整理を行うことができた。

「会社を畳まれた後、藤司様は全く関係のない仕事にお就きになり、我が社の恵社長とは気の置けない友人として関わり続けていたとのことです」

水希が生まれて程なく、藤司は病に倒れた。

恵は忙しい仕事の合間に親友の見舞いに行き、その度に水希の祖父は恵に「病弱な水希が心配だ」と孫の将来を案じていた。

ちなみに水希の両親は、豊島の祖父が度々病院へ見舞いに訪れていたと知らなかったようだ。

これは当時勤務していた看護師が証言している。

「――そうなのか、水希」

「ええ、小学校に上がるまで喘息《ぜんそく》が酷くて。何度か入院したこともありました」

今はこの通り元気だが、初孫という事もあって祖父は大分心配していたと母からは聞いていた。

そういった事情もあり、祖父達は孫同士を結婚させてはどうかと話が盛り上がる。康隆の祖父も含め、豊島の一族はみな男ばかりなので、恵は藤司の孫である水希のことを自分の孫のように思っていたらしい。

「豊島家は長い間女の子が生まれていないんだ。それで友人の孫の写真を見て、こんな孫がいたらと……考えたのかもしれない」

その後正式に、豊島側から「是非水希を孫の結婚相手に」と打診があり、藤司は承諾した。

ただ本人達の意思もあるので、そこは慎重にと言う感じで話が纏まった矢先に藤司が亡くなる。

「お約束はあったようですが、姫野様との結婚が豊島家を継ぐ条件とは私的な手紙にも遺言書にも書かれておりませんでした。ですので、功武様の訴えは意味がありません」

何処かで祖父達の関係を聞き知った親族が、勝手な憶測を広めたのだろうと弁護士が話を締めくくる。

「……そんな……」

水希を手に入れれば遺産も転がり込んでくると踏んでいた功武が、頭を抱えて床に膝を突く。

「功武兄さん。あなたの経営する会社の件ですが、豊島物産の子会社である事には変わりありません。ですので以後はこちらの管理下に置きます。功武兄さんは、通達があるまで自宅待機をしてください。これは伯父さんからも了承を得ています」

項垂れたまま何も言えない功武が、連れてきた弁護士に支えられて部屋から出て行く。

「功武さん、どうなるんですか？」

「仕事を部下に押し付けて遊び回っていたからね。とても社長の職を続けさせることはできない。彼はこれから、一社員として会社に貢献してもらうことになる」

他にも問題はあったようだが、功武の父である伯父が頭を下げ温情で退職勧告はかけなかったとのことだ。

「では康隆様の社長就任に関しては、このまま進めさせていただきます」

豊島物産の顧問弁護士代表がそう宣言する。とりあえずはこれで遺産問題は解決したのだと分かり、水希はほっとした。

第七章　本当の婚約者になりました

豊島家に戻った水希は、気が抜けたのか玄関先で立ち眩《くら》みを起こしてまう。

「水希っ」

「すみません。やっと康隆さんが社長として認められたって思ったら、なんか力が抜けちゃって」

康隆の腕が咄嗟に水希を抱き支え、自室のソファへと運んでくれた。

祖父の取り交わした約束は相続に関係ないと証明されたのだから、今の自分は彼のお荷物でしかない。

「実は…先日父に聞いたのですが、私……謂わば祖父の借金のカタなんですよね？　なのにどうして、こんなに優しくしてくれるんですか？」

正式に康隆が豊島物産を継ぐ事になっても、いやなるからこそ借金は有耶無耶《うやむや》にするのはまずいのではと思う。

「私、一生かけて祖父の借りたお金を返済します。住み込みで働いて、お給料は全て返済にまわしますから安心してください」

借り入れ額は想像もしたくないが、一生かかっても支払わなければと水希は気持ちを奮い立たせた。なのに康隆は意味が分からないと言った様子で首を傾げる。

「借金？　何のことだい？」

「だってお爺ちゃんが会社を廃業したときの負債とか、豊島家が負担したんですよね？　その時借りたお金の代わりに私と結婚するって、無理矢理約束させられたんですよね」

一旦言葉を切り、呼吸を整える。

「私は康隆さんと結婚して、借金をなかったことにしようだなんて失礼な事は考えてません」

……なるほど、と呟いて康隆は水希をなだめた。

「落ちついて、水希。君は色々と思い違いをしている」

「思い違い？」

「確かに借金の証書は、豊島の弁護士が保管していたよ。それは返済が終わったものだったけれど、私の父が祖父は何故そこまで熱心に姫野家へ援助をしたのか疑問に思って、調べてみたんだ」

既に会社をたたむ決断をした姫野家に、親友とはいえ何故康隆の祖父が私財を投じてまで支えたのか疑問に思うのは当然だ。

「倉の掃除をする機会もあったから、祖父達の数代前の……つまり先祖の残した日記が見つかって、一時疎遠になっていたけど姫野家と豊島家には随分前から交流があったと判明してね」

倉から見つかった日記には、意外な事実が書かれていた。

祖父達も友人になった当時は知らなかったようだが、かつて豊島家の先祖が所有する商船が嵐で沈み不渡りを出した。それを救ったのが姫野家の先祖だったと記されていた。

代々の豊島家の当主は、この恩義を返すべしと日記には書かれており、それを知った康隆の祖父、恵はその恩返しとして姫野家への援助を申し出た。

だがそんな昔の恩義など気にする事はないと水希の祖父は笑い飛ばし、会社の存続ではなく円満に潰す手伝いだけを頼んだとの事だった。

なので会社の残務処理と、従業員を豊島物産で引き受けることで借金はせずに済んだ。負債に関しては、藤司の父、つまり水希の曾祖父が私財として隠していた金を出させることで、殆ど解決したらしい。

水希の将来に関しては、あくまで祖父が個人的に心配してたから頼んだだけであり、その話に女孫が欲しかった康隆の祖父が乗っかったのだと、手紙の遣り取りで判明している。

「つまり、豊島家は姫野家の負債を一時的に立て替えただけで、借金はもうないんだ」

「でも従業員の雇用とかは」

「当時姫野家は大分業務を縮小していたようだから、そう負担にはなってないはずだよ」

あまりにもあっさり否定され、水希は言葉もない。

「そもそも昔、姫野家に支えてもらった金額を現代のものに置き換えると、倍どころでは済まないらしい」

昔はそんなに大きな店だったのかと水希は驚く。

「だから援助に関しては、こちらが恩返しをしただけで君が不安に思うことはなにもないよ。借金のカタというのも、君のお父様には勘違いだと説明してあるから安心してほしい」

しかし個人の感情で資産を動かしたことに変わりはない。一部の親族から不満が噴出し、一時期揉めたのは事実だ。

「姫野家への援助は、あくまで祖父の個人資産から出したのだけど。文句を言ってくる親族が多くてね。本社は父が継いだけれど、幾つかの大きな事業は分割する事になった」

豊島物産に少し内部でゴタゴタした時期があったのは、周知の事実だ。

表向きは跡取りで揉めたとか、株主と上手く意思疎通が取れなかったなど憶測は飛んだが、事実を知る者はごく一部。

そういった経緯もあって、太い繋がりのあった長浜との取引も切れなかったと康隆が説明する。

「とはいえ、結局は半分ほどは経営が立ち行かなくなってね。父と私に支援を求めてきて長浜の会社は現状、両親と私が大体の権限を握っている。納得してくれたかな」

「……はい」

「それで改めて、君にプロポーズしたい。私は相続など関係なく君が欲しいと、祖父から婚約の話を聞かされたときから思っていたよ」

真摯な康隆の言葉に、水希はいたたまれない気持ちになる。

「私がお金目当てで結婚するつもりとか……考えなかったんですか？」

「そういう考え方もあったな」

顔を上げると、康隆が笑う。

「でも、会ったこともないのに……本当によかったんですか？」

「これを見てほしい。覚えてる？」

康隆がポケットから出したのは、ビーズの髪飾りだった。手渡された水希は、まるで幻でも見ているかのように微動だにしない。

「これ、私が初めてデザインして作ったビーズの髪飾り……どうして康隆さんが？」

幼い頃に作ったので形は酷く歪《ゆが》んでいるが、見間違うはずがない。

「これは愛里咲が君から取り上げた物だよ。犯人は分かっていたから、すぐに取り返したのだけれど。返そうと思って戻ったら君はいなかった」

水希は既に葬儀場を出た後で当時康隆は「取り返す」という約束を守れなかったと悔やんでいた。

当時の悔しさはずっと胸に残り、いつかこの髪飾りを返し水希を守ろうと決意したと告げる。

「あの、どうして愛里咲さんはお爺ちゃんのお葬式に来たんでしょうか？」

「確かにそうだな。昔から我が儘な子どもだったが、パーティーはともかく、どうして関わりの無い他家の葬式に付いてきたのかはよく分からない」

少し考えてから、康隆が苦々しげに呟く。

「もしかしたら、愛里咲の両親が何か吹き込んだ可能性もあるな」

愛里咲は勝手に葬儀にまで付いてきた。

この事を祖父が知り激怒し、長浜家から愛里咲との結婚話も出ていたようだけど、この件で完全に白紙となった。

そして祖父は、親友である姫野家の孫との結婚を進めたいという気持ちを固くする事となる。

一方康隆は、水希の事を気にかけつつも、海外留学をした。最初は恋心はなかったけれど、気になっていたのは事実だ。

それが、祖父が人づてに得た水希の近況や写真を送って来るのを見ているうちに、次第に惹かれていったのだと告げる。

祖父は、成人して康隆と水希双方に異論がなければ是非結婚するようにと勧めてきた。康隆は驚きはしたが、ともかく水希と再会して髪飾りを返したい気持ちがあったから祖父の言葉に頷いた。

祖父は康隆の帰国と同時に姫野家と直接連絡を取ろうとしたが、何故か連絡が取れなくなっており、共通の知人や興信所に頼んでも行方が判明しなかった。

「長浜家が隠蔽に関与していたとの告発もあったんだが証拠もなくて……。こちらも強気に出られなかったんだ」

祖父が亡くなったのを切っ掛けに、康隆は水希に会おうとしたがやはり興信所は使い物にならず、自ら河野や他の秘書達の手を借りてやっとのことで探し出せた。

「最初に会った時、髪飾りを見せてくれたら良かったのに」

そうすれば康隆があの時のヒーローだと気付けて、不安に思うことは無かっただろう。

けれど、どうしてか康隆は複雑そうだ。

「……これを返したら、君が帰ってしまう気がしたんだ」

許嫁は祖父達が勝手に決めたことだし、二人を繋ぐ髪飾りを渡したら水希との縁が切れてしまうと怖くなったと続ける。

「私は水希からすれば、見知らぬお兄ちゃんというだけだろう？」

何より水希は一人で生きていく強さがあった。いっそ資産目当てでも傍にいてくれたらと望んだが、水希の性格上決してそんな真似はしないだろうと考えたらしい。

「考えすぎですよ、康隆さん」

髪飾りをテーブルに置いて、水希は自分から康隆の手を取る。

「覚えていてくれてありがとうございます、康隆さん。私、ずっとあなたに会いたかった。髪飾りを取り返すって言ってくれたあなたはとっても格好よくて、私のヒーローだったのよ」

互いにずっと探していた相手が、目の前にいる。

「愛してる」

「私も、愛してるわ」

どちらからともなく唇を重ね、笑い合う。

きっとこれからは、幸せな日々だけが待っている。そんな気がした。

第八章　甘い未来への幕開け

豊島物産の会議室で行われた、相続に関する一騒ぎから早三カ月が過ぎようとしていた。

あれ以来、水希は豊島邸で忙しくも穏やかな日々を送っている。

康隆はといえば役員会で社長職の正式な引き継ぎも認められ、今は外部向けにお披露目のパーティーなど、様々な式典の準備を仕事と並行して行っている。

そんなこんなで、忙しいのは相変わらずだが一つ変化した事もある。水希の私室が康隆の私室と隣り合わせになったのだ。

本当は寝室も何も同じ部屋にしたかったらしいが、水希が『プライベートは大切にしたいから』と言い張り、仕事部屋として分けてもらったのだ。

ただ康隆『寝室は一緒にしたい』と言って譲らず、水希が『二人が同時に寝返りをうてるベッドならいい』と言ったところ特注で作らせて、一週間もせずに豊島邸に届けられた。

「――そんな感じで、突然巨大なベッドが届いて。びっくりしましたよ。……って、真結さん。

どうして笑ってるんですか？」

「いや……ごめん……コントか惚気《のろけ》か分からなくて」

お腹を抱えてひーひーと笑いながらテーブルに突っ伏す真結に、水希は口を尖らせて抗議する。

「私は真面目に相談してるんですよ！　康隆さん、何でも本気にするから困ってるんです」

「でも仲良くやれてるんでしょ？　だったらいいいじゃない」

「そうですけど……」

否定できず、水希は言葉に詰まる。

今日は真結の母が主催するサロンで販売する、新しいジュエリーの打ち合わせを兼ねてお茶に誘われたのである。

有り難い事に渋谷家のサロンでは水希の作品は新作を出す度にすぐに完売し、評判も上々だ。

打ち合わせは三十分程で終わり、こうして真結から康隆とはどんな感じなのかと質問攻めに遭っている所だ。

「でも個室は死守して良かったです。でないと集中してデザイン画が描けませんから」

元々水希は喫茶店など騒がしい場所での作業が苦手で、一人で構想を練りたいタイプだ。集中すると声をかけられても気付かない事もあるので、個室はどうしても必要だった。

「康隆さんはどこでもペースを崩さないで仕事ができるタイプだから、分からないみたいなんですよね」

「まあ私たちインスピレーション系は、豊島君とは違う集中の仕方になるからね。仕方ないわよ。でも豊島君は、理解してくれてるんでしょ？」

「はい」

「ほんと、愛されてるわよねー」

それは否定できないと自覚はあるので、気恥ずかしくなり頬を赤らめる。そんな水希を楽しげに眺めつつ、真結は更に問いかける。

「水希さんのご両親には、挨拶はすませたの？」

「はい。先週、康隆さんが時間を作って。わざわざ実家に行ってくれたんです」

相続騒動の際に、河野が水希の実家に赴き手紙の確認をした際、全ての経緯は説明したと聞いている。

突然豊島物産の社長秘書が訪ねて来たので、両親は大変驚いたらしい。更に康隆が水希を妻に迎える意向だと聞かされ、最初はとても信じられなかったようだ。

しかし水希が康隆と共に帰省し、説明したことでやっと両親もこれが夢ではないと分かり、諸手《もろて》を挙げて祝福してくれた。

後から聞いた話だが両親としては、一人娘がブラック企業に就職してしまったというのは薄々気付いていたらしかった。

けれど水希が決断したことでもあるから、どの時点で介入すべきかと時機を窺っていたところに河野から連絡がいった。

だから親からすれば康隆はまさしく娘を救ってくれた恩人で、その上、祖父の会社を畳む際に世話になった豊島家の息子となれば文句なんて出るわけもない。

「――前には実家に戻る話もされてたんですけど、康隆さんと結婚するならこのままお世話になりなさいって。それとこれは真結さんのお陰なんですけど。ジュエリーデザイナーの仕事も、認めてもらえました」

仕事に関しては、反対されていたというより就職先が見つかるかどうかという点で心配されていたと言った方が正しい。

しかし渋谷家のサロンで働いていると説明し、結婚後も仕事を続けると康隆と両親に告げたのだ。

「康隆さんも背中を押してくれて、本当に有り難いです」

前の会社を解雇されて半年も経たないうちに、ここまで劇的に人生が変わるなんて思ってもいなかった。

「私は何もしてないわよ、むしろサロンを盛り上げてくれて感謝してるわ。水希さんのお陰で人も増えたし。だからお給料をもっと出そうって、母と相談してる所なの」

「そんな、今のままで十分です！」

宝飾品の販売に関して、最初は月給制にしてもらえないかと水希の方から申し出たのだ。デザイナーとしては全くの無名なので、提示した金額はアルバイト程度のもの。

それを聞いた真結の母は驚いていたが、水希としては住む場所と食事は困らないのでその分を彫金師や、使う貴金属の質向上などに使って欲しいと頼んだのだ。

商品の質が良ければ無名デザイナーの作品でも、目の肥えた奥様方の手に取ってもらいやすくなると考えたからだ。

売れたら幾らかをボーナスという形で還元してもらえればよいと交渉し、今は前の会社でもらっていた給料の倍以上の収入を得ている。

「水希さんって、欲がないわよね。……そうだ、これを渡さないと」

そう言って真結がバッグから水色の小箱を出し、テーブルに置く。

「約束のものよ。でもこれがお給料で、本当に良かったの？」

「はい。ありがとうございます」

箱を受け取った水希は、こくりと頷く。

真結から渡されたそれは、水希が個人的に彫金師に依頼し作ってもらった品だ。デザインは勿論、使う石にもこだわったから時間もお金もかかったが後悔はない。

「二カ月分のお給料とボーナスをつぎ込むんだから、豊島君は愛されているわよねぇ」

「食事と住む場所は康隆さんに負担してもらってますし、これでも全然、お返しには足りないと思います」

「そんなこと、気にしなくていいのに。あの家はお金が有り余ってるんだから。水希さん一人くらい養うなんて、どうってことないわよ」

「あはは」

茶化す真結に、水希は何も言えなかった。彼女の言うとおり、これは水希の自己満足でしかない。

「きっと水希さんのそういう所に、豊島君は惹かれたのね」

「そういう所？」

「真っ直ぐで、芯が通ってる所。お金持ってるからって、特別視しないし。だから私も水希さんと話してると楽しいの」

ああそうか、と水希は気付く。

真結もまた、康隆と似たような境遇なのだ。

大学時代は真結の周囲に人は絶えずいて、まさに華やかな陽キャを体現したようだった。けれど中には、お金目当てで近づく人もいただろう。

「これからもよろしくね、水希さん」

「こちらこそ、です」

「——あと……一応伝えておきたい事があるの。長浜と仲野の事。豊島君は、なにも言わないでしょ？」

声を潜める真結に、水希も神妙な表情になる。

「多分、余計な心配させたくないんだって思います」

豊島物産の会議室で起こった一悶着《ひともんちゃく》以降、二人がどうなったか知りたかったが、なんとなく聞けない雰囲気があった。

「そういうとこ、過保護よね」

害されることはないと分かっていても、どういった結末になったのかは知っておきたい。

正直な気持ちを告げると、真結は言葉を選びながら話し始めた。

愛里咲はその日のうちに、海外留学の名目で家から追い出された。しかし留学先の大学院でも異性絡みのトラブルを起こした事で身元引受人となっていた人物の怒りを買い、最終的に山奥の修道院へ強制的に送られた。

「すっごく厳しい修道院で、日本じゃ考えられない僻地《へきち》にあるらしいの。ご両親は完全に保身に走っちゃって、愛里咲を見捨ててるから……数十年は出てこられないんじゃない。ま、自業自得よね」

僻地の修道院なんてそれこそ漫画でしか知らないので、セレブのパーティー以上に水希には未知の世界だ。

「仲野さんはどうなったんですか？　裁判が始まったのは噂で聞きましたけど」

全く同情する気はないが、その後は気になる。

「あいつはもっとやばいわよ。豊島君が訴えたストーカー事件に加えて、水希さんが在社時のパワハラセクハラ。豊島の弁護士が徹底的に詰めてるわ。それと彼の親族一同も、経費横領や国からの補助金詐欺で掴まったわよ」

「そんなことになってたんですか」

「暫くは出てこられないだろうし、出てきてもヤミ金系からお金借りてるって話だし。そっちの人達が逃がしてくれないわよね」

随分物騒な話だと背筋が冷たくなる。

そこでふと、水希はあることに気が付いた。

「私、あの会社で事務をしてたんです。共謀罪とかってなるんじゃ……」

「大丈夫よ。事情聴取はされるかもだけど、主犯は仲野の一族だって分かってるし。それに入社したばかりの新人に裏帳簿任せるような間抜けなら、ここまで手広く詐欺なんてしてないわよ」

「それもそうですね」

ほっと胸をなで下ろすが、正直微妙な気持ちだ。

仲野とその家族に関しては全くの自業自得と思うけど、先輩や同僚達はどうなるのかと気になってしまう。

「お人好《ひとよ》しねえ」

「え？」

「元同僚達が心配だって、顔に出てるわよ。殆どの社員は関わりなしだろうけど、警察がどう判断するかは分からないし。これぱっかりは考えても仕方ないわ」

「そうですよね」

「水希さんにできるのは、警察から聴取や証言を求められた時に、正直に話すことだけ。あとは胸張って堂々としてればいいわ。それにあなたが暗い顔してると、豊島君が心配するわよ」

確かに自分にできない事をくよくよ悩んだところで何もできないし、康隆だって心配するだろう。

「教えてくださって、ありがとうございます」

「そんな畏まらないでよ。本来なら豊島君がきちんと伝えなきゃいけない事なのよ。子どもじゃないんだから全部話してって怒ってみたら？」

「……言ってみます」

「水希さんと話してると、恋愛も楽しそうって思えてくるから不思議よね」

からかわれているのか本気なのか、微笑む真結の表情からは読み取れない。

ともあれ、次回作の打ち合わせは無事に終わり、水希は上機嫌の真結を見送ってから帰途についた。


「ただいま戻りました」

「お帰りなさいませ、奥様」

玄関の掃除をしていた若いメイドが、水希を笑顔で出迎える。

（……まだ結婚はしてないんだけどな……）

康隆が正式に次期社長として認められてから、水希も彼の妻としての扱いに変わっていた。

けれど『姫野様』呼びにも慣れなかったのに、今度はいきなり『奥様』呼びになってしまい、何だか居心地が悪い。

世話をしてくれる藤田からは『すぐに慣れますよ』と言われているけれど、当分は慣れそうにない。

「旦那様は執務室においでです」

「ありがとう」

お礼を言って早速執務室へと向かう。

執務室のドアをノックすると、すぐに河野が応対して扉を開けてくれる。何ごともスマートに行うのは、さすが執事と言うべきだろうか。

「お仕事中すみません。あの、どうしても渡したい物があって」

「かまわないよ。水希がそんなに急いで来るのだから、なにか特別な事なんだろう？」

楽しげに目を細めて、康隆が書類を置いて椅子から立ち上がる。すると河野は何も言わず静かに部屋を出て行く。

誰に言われたわけでもないのに自然に空気を読む彼は、やはり執事としてプロだなあといつもの事ながら感心してしまう。

康隆に促されてソファに並んで座った水希は、早速鞄から小箱を出す。

「これ、受け取ってください」

打ち合わせの時に真結から受け取った小箱を、水希は康隆に渡した。シンプルなデザインの箱には、水希のブランド名として使っている自身の名前が筆記体で箔押《はくお》ししてある。

「開けてもいい？」

「勿論です」

そういったものの、水希は酷く緊張してた。じっくり考えて作った作品だけれど、康隆からすれば安物も同然だ。

それに気に入ってもらえなかったらという不安もある。

そんな不安を余所《よそ》に、康隆は箱を開けビロードの台座に置かれたタイピンを手に取る。

「これは、君がデザインしたのか」

「はい」

真結に頼んで彫金師を紹介してもらい、二カ月かけてタイピンを作ってもらったのだ。

形はオーソドックスなショートクリップだが、プラチナの表面には立体的に蔦と薔薇《ばら》の文様が彫られている。

その中央には、控えめにブルーダイヤが填め込まれていて、ちょっとしたパーティーにも使えるようなデザインにしてみた。

「パーティーの時に着けていた、花を生けるピンブローチの柄をモチーフにしてデザインしたんです」

「だからこの間、ブローチを観察していたんだね」

「ええ……本当はもっと早く渡したかったんですけど。拘《こだわ》ったら時間かかっちゃって」

嘘は言っていないけど、正直なところ予算をかなりオーバーしてしまいお金が貯まるまで製作を依頼できなかったのだ。

とはいえそんな恥ずかしい事情など言えるはずもなく、水希は笑って誤魔化す。康隆は特に詮索をせず、タイピンを見つめる。

「いいデザインだ。祖母から送られたピンブローチと一緒に使うことにしよう」

(気に入ってもらえて良かった)

ほっとすると何故か康隆が水希の手にタイピンを握らせる。

「着けてくれないか？」

「え、あ……はい」

今付けているタイピンを外し、プレゼントしたタイピンをネクタイに付ける。

「どうかな？」

「よく似合っています……」

褒めるのは自画自賛にならないかと不安になるけれど、実際似合っているのだから他に言い様がない。

「ありがとう、水希。一生大切にする」

「そんな大げさですよ」

拘って作ったネクタイピンだけれど、普段康隆が身につけている物と比べたら比較にもならないだろう。

けれど康隆は、心から嬉しそうに、ネクタイピンを指で撫でている。

「私には勿体ないくらい素敵な妻だと、また一つ両親に自慢できる事が増えたね」

「だから、そういうのは止めてください！　これ以上話を盛られたら、直接お会いしたときに困るのは私なんですよ！」

水希が怒るのには理由がある。

先週、水希の実家へ結婚の挨拶に赴く前に、海外にいる康隆の両親とパソコンの画面越しに挨拶をした。

康隆の両親は海外支社で仕事をしていると聞いていたが、実は父親の手術のために渡米していたのだ。公表すれば社の内外に動揺が起こるのは明白だったので、知っているのは幹部と家族だけ。

無事に手術を乗り切ったもののリハビリが必要で、帰国が遅れていると挨拶の直前に知らされた。

その際、水希は双方の自己紹介が終わるなり、康隆の両親から涙ながらに『自分達が不在の間、息子を支えてくれたよき理解者』だと感謝されたのである。

父親の体調を考慮して挨拶は短時間で終わったけれど、水希は心労で疲れ切っていた。

何故初対面の義両親から、あそこまで感謝されるのか全く分からなかったからだ。

康隆を問い詰めたところ、『私と河野で、水希が素晴らしい女性だと何度もメールで伝えていた』と脱力するような言葉が出てきたのである。

「大体、お世話になったのは私の方ですよ。感謝はしても、されるなんて……」

「君は私の支えだったよ。精神的にも肉体的にもね」

ブラウスの上から背中を撫でられ、水希はびくりと肌を震わせる。

「ちょっと、康隆さん。まだお仕事が」

「ネクタイピンのお礼がしたい」

もう片方の手が頬を包み、顔が上向かされる。

重ねられた唇は、酷く熱く感じた。

「待って康隆さん……こんなところで、誰か来たら……ぁ」

「誰も入ってこないよ」

ソファに座る康隆に跨がり、水希は逃げようと身をくねらせる。愛撫でブラウスの前ははだけられ、スカートも太股までたくし上げられていた。

「ひゃ、んっ」

ショーツの上から秘所を撫でられ、全身がぞくりと疼く。脚を閉じようとしたけれど、彼の太股を跨ぐ恰好になっているので逃げられない。

「水希はいつまで経っても慣れないね」

「だって……」

ブラのホックを外されて、胸が露わになる。下から支えるように揉みながら、康隆が片方の乳首を口に含んだ。

「んっ」

キュンと臍の下辺りが疼く。自分が胸で感じるようになるなんて、思ってもみなかった。

「水希の身体は敏感だから、開発しがいがある」

「だから、そういうこと……言わない、で……ッ」

康隆に抱かれて、自分の身体は信じられないほど敏感になってしまった。

「水希」

呼ばれて顔を上げれば、唇が重なる。肉厚の舌が口内をかき回し、両手は乳首を摘まんだり転がしたりして愛撫する。

「ぁ……ふ」

広げられた脚の間が、潤っていくのを感じる。

頭の中がぼうっとして無意識に腰が揺れるけど、康隆は肝心な場所に触れようとはしない。もどかしくて唇を離そうとしても、絡めた舌を強く吸われ甘イキしてしまう。

「……んっ……ん、っぅ……は、ふ」

片手が胸から離れ、服の上から子宮の辺りをそっと擦る。それだけで身体は期待してしまうのだから、どうしようもない。

「っ……康隆さんのせいですよ！」

「？」

いやらしい愛撫をしているというのに、康隆は呼吸も乱さず整った顔で首を傾げる。それがまた、見惚れる程格好いいからずるいと思う。

「私、こんな……身体じゃ……なかったのに……」

「でも、水希が感じるのは私にだけだろう？　だったらいいじゃないか」

首筋にリップ音を立てて、キスをされる。きっと痕が付いてしまっただろうけど、文句を言う気力もない。

「……康隆さんて、真結さんが言ってたとおり独占欲強くて粘着質ですよね」

「彼女がそんなことを言っていたのかい？　心外だな」

全く自覚がないらしく、康隆が目を見開く。だがここで怒ったりしないところが、康隆らしい。

「恋人同士なら、このくらいは普通だと思うけれど？」

「……もういいです」

「良かった。水希とは晴れて婚約者となったわけだし、これからもっと気持ちよくなってもらえるように努力しなければと考えていたんだ」

「そんな恥ずかしい事、考えないでください！　……あ、んっ」

不意打ちで下着の中に手を入れられ、直接花芯を撫でられた。身体の力が抜けて康隆に縋り付くと、愛液でぬめった会陰をゆっくりと指の腹がなぞる。

「水希、ベッドまで待てない」

スラックス越しにも分かる程、康隆の性器は張り詰めている。そして水希も脚が震えて動けない。

こくりと頷けば康隆が水希を支えてソファから立ちあがる。やはりベッドでするのかと思っていると、そのまま康隆が水希の背後に回った。

「康隆さん、何して……」

ソファの座面に膝を立てて座らされ、彼が背後から抱くつもりだとやっと気付く。

バランスを崩しそうになった水希が背もたれに手を置くと、首筋に康隆の熱い息を感じる。

「少し脚を開いて。後は私が支えるから」

「まって、私。きゃっ」

背後から受け入れるのはまだ数回しか経験していない。それに服を着たままなんて、初めての事だ。

戸惑う水希を余所に、康隆はスカートをたくし上げてショーツとストッキングを太股まで下ろしてしまう。

逃げようとしても身体は彼の与える快感を覚えてしまっているので、水希は誘惑に負けて自ら腰を上げた。するとすぐに、康隆の熱い男性器が内股に擦り付けられる。

「あっ」

それの到来を待ち望むようないやらしい声に、水希は耳まで赤くなった。

「可愛いよ水希。恥じらわないで、もっと君の感じている声を聞かせてくれないか？」

心から嬉しそうに懇願され、水希は頷くことしかできない。

（ずるい……この声でねだられたら……逆らえないのに）

先走りと愛液を絡ませてから、性器が膣口に触れる。

「ゆっくり入れるけど、違和感あったら我慢しないで言うんだよ」

「ん……」

もう膣内は期待で蕩けきっているのに、康隆はどこまでも優しい。

「ぁ、あぅ」

亀頭とカリが挿《はい》り、思わずため息が零れた。普段と違う場所から生じる快感に、内部の痙攣が止まらない。

じりじりと疼くような熱が子宮に溜まっていくのを感じて、水希は息を呑む。

「たまには違ったことをすると、より敏感になるらしい」

誰も入って来ないと分かっていても、康隆の執務室で昼間から抱き合うというシチュエーションに、神経が高ぶっているのは否めない。

きゅっと内部が窄《すぼ》まり、まだ半分ほどしかはいっていない康隆の雄を強く締め付ける。

「水希の身体は、気持ちよくなってくれているようだね」

「ち、違うの……これは、ぁっ」

「ココ、感じるみたいだね。この辺りも好きかな？」

「あ、ひっ……ぅ」

ゆっくりと探るように内部を擦られて、恥ずかしい声を上げてしまう。はだけられた胸元からは汗が滴り、焦れったい熱が蓄積されていく。

(やだ私……こんな恰好で、気持ちよくなってる)

「──水希、全部挿ったよ」

「ん……ひゃんっ」

背後から貫かれ、圧迫感にぼうっとした水希は不意打ちでクリトリスを摘ままれ背を逸らした。

内部が不規則に痙攣して、無意識に腰が逃げる。けれど康隆がそれを許すはずもなく、片手で腰を抱き、子宮口と亀頭を密着させた。

「あ、ぁっ。も、むり……お願い……」

「大丈夫。落ちついて」

痙攣が激しくなり、動きに合わせて水希は連続して達してしまう。絶頂の波が落ちつきそうになると、指がクリトリスをあやすように撫でるので、悲鳴を上げてまた上り詰める。

「……ぃ……きもち、い……だめ……やすたか、さん……わたし、だめになっちゃう」

「私が傍に居るから大丈夫だよ。水希は沢山、駄目になって。可愛い君を、私だけに見せて」

「ちが……ぅ……やすたかさんも、きもち、……くなってくれないと……いやっ」

必死に気持ちを訴えると、康隆が愛撫の手を止めた。

「本当に君は、可愛くて。優しくて……愛してるよ、水希」

肩越しに頬にキスをされ、水希は腰を支える彼の手に自分の手を重ねる。

「私も、愛してるわ……康隆さん……」

ぎゅっと窄まった膣内で、彼の性器が震えるのが分かる。それを待っていたかのように、全身がとろりと熱くなり、子宮もじわりと疼く。

「きて……」

求める水希の声に、康隆が激しい動きで応えた。

力強く打ち付けられる性器に、水希はソファに爪を立ててイき続ける。開発されて蕩けきった奥を刺激され、はしたなく鳴き喘いだ。

「あ、ぁ……きもち、い……だめ……あっ」

「水希……」

「つう、ひっ……あぁ」

容赦なく貪る康隆を水希の膣壁は健気《けなげ》に締め付ける。

びくびくと痙攣しながら、何度目か分からない深い絶頂の最中《さなか》、やっと康隆が動きを止めた。

最奥が康隆の精液で満たされていくのが分かる。

とてつもない多幸感に震えていると、不意に性器が抜かれた。喪失感に驚く間もなく、水希は康隆の腕で横抱きにされる。

「続きはベッドでしょう」

「……まだするんですか？」

「嫌なのか？」

悲しそうに眉尻を下げた許嫁に、水希は小さく笑う。そして自分から彼の唇に、そっと口づけた。

あとがき

はじめまして、高峰あいすと申します。

この度は『見ず知らずの許嫁に溺愛されています　路頭に迷うはずがイケメン御曹司が迎えに来て⁉』を手に取っていただき、ありがとうございました。

ルネッタブックス様では、初めての本になります。楽しんでもらえましたでしょうか？

こうして本が出せたのは、読んでくださる皆様と、携《たずさ》わってくださった方々のお陰です。ありがとうございます。

担当のN様。初めてのお仕事で、大変なご迷惑をおかけしてしまい申し訳ありません。どうしようもない私のフォローを完璧にしてくださって、もう頭が上がりません。本当に感謝しております。

素敵なヒロインとヒーローを描いてくださった、夜咲こん先生。ドレス姿の水希がとても可愛いし、ヒーローの康隆もキリリとした正装でたまりません！
こんな可愛くて清楚な水希を、あんな風にしてしまう康隆……きっと二人にはあっという間に赤ちゃんが授かることでしょう。

今回はもう、色々な方面に助けられて書き上げた本なので感謝しか出てきません。
担当様は勿論、家族や友人の支えが有り難いなとしみじみ思いました。

最後までお付き合いいただき、ありがとうございました。
楽しんでもらえましたら幸いです。
それではまた、ご縁がありましたらよろしくお願いします。

高峰あいす公式ブログ「のんびりあいす」http://aisutei.sblo.jp/
X（旧Twitter）@takamineais

ルネッタⓁブックス

見ず知らずの許嫁に溺愛されてます
路頭に迷うはずがイケメン御曹司が迎えに来て⁉

2024年12月25日　第１刷発行　定価はカバーに表示してあります

著　者　**高峰あいす**　©AISU TAKAMINE 2024
発行人　鈴木幸辰
発行所　株式会社ハーパーコリンズ・ジャパン
東京都千代田区大手町 1-5-1
04-2951-2000（注文）
0570-008091 （読者サービス係）

印刷・製本　中央精版印刷株式会社

Printed in Japan ©K.K.HarperCollins Japan 2024
ISBN978-4-596-71946 -1